Pascal BERTRAND

MEURTRE DANS LA RUE MORBONDE

(Une histoire presque policière..., hum, hum)

ROMAN

A ma prostate

SOMMAIRE

A propos de l'auteur

Pascal Bertrand est né le vingt quatre août mille neuf cent cinquante neuf dans le quatorzième arrondissement de Paris. Il a passé toute son enfance dans le treizième, au 18 rue Brillat Savarin. Il a grandi là avec sa grand-mère, Marie-Thérèse Condamin, née Lassée, sa mère Gisèle Condamin, et sa sœur Christine Bertrand, de seize mois son aînée. Il n'a jamais connu son père, Francis Bertrand, d'où il nourrira de grands regrets. Il faut retenir qu'il a surtout été élevé par sa grand-mère née en mille neuf cent six, d'où une éducation que devaient recevoir les parisiens des années trente : chrétienne mais non catholique ; populaire ; modeste et pauvre.

Sa mère se remaria avec un certain espagnol, Aniceto Escolastico Bravo Bravo, qui fut, d'autorité, francisé à sa naturalisation en Anicet Bravo. La nouvelle famille bizarre emménagea 1 Allée Honoré de Balzac à Clichy-sous-Bois. Ce couple mal assorti éclata cinq ans plus tard en mille neuve cent soixante seize ; monsieur reprochant à madame de ne point se laisser piner ; madame se plaignant d'un mari racho qui ne lui donnait pas un flèche, qui ne parlait jamais, sauf pour engueuler ses enfants, et qui passait ses week-ends au rade PMU à jouer son fric aux dadas. Ce pingouin souffrait d'un ulcère à l'estomac ; qu'il dût laisser en héritage à l'auteur, puisque ce dernier se vit qualifier par le service gastro de l'hôpital Beaujon de « plus jeune ulcéreux de l'histoire médicale de France ». Bref.

On passera sur les détails de l'itinérance de Pascal Bertrand, qui vécu ensuite avec sa mère à Saint-Michel-sur-Orge, Juvisy-sur-Orge. Puis qui loua seul un deux pièces au 7 rue Delizy à Pantin ; il épousa Dinora Espirito Santo De Ceu Estèves Fernandes (vous m'en mettrez un kilo...) en mille neuf cent quatre vingt quinze. Ce couple de merde se vit attribuer un deux pièces par la ville de Pantin au 1bis rue des Pommiers. Pascal Bertrand fit un master de droit à la faculté de droit de Saint-Denis et intégra la fonction publique comme éducateur à la Protection Judiciaire de la Jeunesse du ministère de la Justice ; puis fit un an de scolarité à l'Institut Régional d'Administration de Metz, avant d'échouer comme intendant du collège Les Blés d'Or à Bailly-Romainvilliers puis au collège Nicolas de Stael à Masons-Alfort. Le couple éclata en mai deux mille cinq.

En deux mille douze, Pascal Bertrand fit un burn-out que son médecin traitant, le docteur Dufaye, tenta de soigner à la benzodiazepine qu'il surdosa notablement. Après quelques jours de traitement, Pascal Bertrand se retrouva hospitalisé, zombifié au pavillon Bourguigon de l'hôpital Chenevier, unité Erables tout d'abord, puis Cèdres. Les médecins le désacoutumèrent de la benzo avec un mélange de Valium, de Niconion, de Josir, de Sylodix et d'Imovane, une espèce de bombe atomique qui acheva de le rendre épileptique, qu'il fallut soulager par un traitement massif de Valproate de Sodium et de Cymbalta... Pascal Bertrand tenait davantage de la pharmacie centrale du quai de la Tournelle que de l'hominidé... Il lui arrivait de se déplacer à quatre pattes...

Pascal Bertrand finit par recouvrer la santé en deux mille quatorze mais point son intépendance car sa garce de sœur n'avait rien trouvé de mieux à faire que de magouiller pour le faire placer sous curatelle. Il finit par faire lever cette maudite mesure en janvier 2020.

Depuis cette date, Pascal Bertrand a multiplié ses voyages en Asie du Sud-Est. A partir de sa soixantième années, il a vécu entre Asie et Paris.

LE COLPORTEUR

Emile Troonh gravissait avec peine chaque marche de l'escalier. Il se demandait comment cette vieille bicoque pouvait encore tenir debout. Mais surtout il en avait assez de cette malchance; depuis l'aube, il n'avait fait qu'escalader des marches et des marches et n'avait pas signé le centième d'un contrat.

Il se sentit maudit.

C'était un homme grand et sec, au teint cireux, au visage creusé de rides, aux yeux vitreux, les joues amaigries par la frugalité. Il était affublé d'un costume noir trois pièces, lustré par la crasse, qui annonçait un croque-mort.

Au bout de son bras gauche, celui qui pendouillait, tandis que l'autre était à la rampe, il cramponnait une sacoche en cuir de vache, comme celle d'un docteur. Elle était si lourde cette sacoche qu'il pensait que son bras pouvait se décrocher à chaque instant; et, d'une traite, s'en aller perforer l'escalier jusqu'au sous sol. Elle lui pesait plus que les péchés de l'humanité cette damnée sacoche; et l'envie le prenait régulièrement de la lancer dans une poubelle pour en finir avec son horrible job.

Il s'arrêta sur chaque palier pour reprendre son souffle. *«Pas étonnant avec tous ces kilomètres à pied dans la pollution des autos, le tabac; me voilà quasi sans bronches…»*, soupira-t-il. Comme il voyait que la cage d'escaliers était vieille et sale, il glaviottait de temps à autres par-dessus la rampe.

Il repéra un extincteur.

Il regarda vers le bas, dans la spirale de la cage d'escalier; puis vers le haut, et vit qu'il n'avait plus qu'un étage à gravir avant d'être au sommet. «*J'espère que je perds pas mon temps dans cette maudite turne*», marmonna-t-il. Son regard lugubre se perdit vers le bas; puis il reprit son ascension. Au bout de son bras, la sacoche heurtait chaque contremarche; et cela faisait un bruit sourd et régulier **toc, toc, toc**, qu'il n'entendait pas.

L'immeuble était silencieux et semblait vide. Troonh n'entendait que le souffle rauque et glavioteux de ses poumons. «*Je perds ma vie à la gagner*», se dit-il. Devant lui enfin, il ne vit plus de marches, et se dit: *encore un effort*.

Adossé sur la rampe, il tira un mouchoir de sa poche et le passa sur son front, puis sur sa nuque. Il promena son regard dans le couloir, et compta les portes «*une, deux, trois, quatre*»; par trois étages cela faisait douze appartements. «*Le cul m'pèle si j'vends rien cette fois ci*». Plus les deux autres du rez de chaussée. «*Je n'dois pas quitter cette baraque avant que d'avoir signé trois contrats au moins; depuis le début du mois, j'ai fait que six affaires…, et encore, y'en a deux qui se sont rétractés selon la clause neuf*». Troonh s'essuya la nuque. A ce jour, il n'avait fait que dix milles francs de chiffre d'affaires, et on était le trente du mois… Rémunérés à dix pour cent. «*Quinze jours de loyer, à peine…*», Se dit-il.

- Putain de clause neuf…, soupira-t-il.

Il respira mieux après ce répit, et agrippa son gros cartable en cuir.

Soudain, il ressentit une douleur à l'articulation de son épaule gauche. Il y posa l'index et la fit travailler. Sous ses doigts, cela fit:

Croc croc.

Et il pensa qu'à moins d'une sérieuse décalcification la pourriture commençait à le ronger bel et bien. « *Avec le poids de ces Bibles, bordel, pas étonnant; du matin au soir elles me tiraillent les bras comme des haltères. Saloperie*». Il regarda chaque porte, et se demanda par quel bout commencer. Comme il manquait d'idées, il lut les noms sur chaque porte. «*Il y en aura peut-être un de bon augure...*» Il voulait un Dieuleveult ou un Santamaria; c'eut été encourageant... Il colla l'oreille sur une porte. Il entendit un cognement sourd, comme dans un stéthoscope, et se demanda ce que cela pouvait être. C'était les veines de sa tempe qui battaient de la sorte; et, passé l'étonnement, il laissa tomber sur la porte son index recroquevillé.

Toc toc toc.

Puis se rajusta et prit une pose avenante; au cas où il serait observé par l'œil de bœuf. Heurk!!!

Comme personne n'ouvrait, il cogna plus fort et fit croquer ses mâchoires. Crunch, crunch, crunch. Il avait remarqué que ses mâchoires, elles aussi, craquaient aux articulations; et c'était devenu un vrai toc chez lui de les faire craquer comme d'autres font craquer leurs phalanges. Il entendit des bruits de tuyauterie, ou de chaufferie allez savoir, et d'autres sons étranges qu'il ne put identifier. Sans doute quelqu'un l'observait par le judas, et craignait d'ouvrir la porte. **Aaarg!!!**

Ce devait être une grand-mère qui avait peur des voleurs et des assassins, il n'en doutait point. La lumière s'éteignit et Troonh tâtonna les murs pour trouver la minuterie.

Il visita trois paliers sans que s'ouvrît une porte. Il vouait aux gémonies ce siècle tenaillé par la crainte des malfaiteurs. Il devait quatre-vingt pour cent de ses échecs aux phobies de toutes sortes. Avait-il l'air si effrayant? Du haut de son mètre quatre-vingt dix, rien de moins, il s'inclina pour toiser ses fumerons, et chercher un détail qui clochait. Un costume à deux cents francs; et des efforts soutenus pour soigner son image. Flûte... Il en perdait son latin... Il se dit qu'il prendrait pour salaire l'extincteur de l'escalier s'il échouait à vendre. *«Travailler le samedi, et êt'e payé par la méfiance; voilà le lot des représentants de commerce».*

Il redescendit au rez de chaussée.

Il allait quitter l'immeuble avec l'extincteur sous le bras quand il ouit un grincement derrière lui. Il sentit un frisson parcourir sa colonne vertébrale. Quelqu'un l'avait vu dérober l'extincteur, pour sûr, et allait ameuter les locataires. Troonh se tourna lentement; et, avec un grand sourire jaunâtre, s'improvisa agent de sécurité incendie.

Il vit alors devant lui une petite grand-mère qui le regardait fixement de ses petits yeux nègres derrière une porte entrebâillée. Troonh la salua et raccrocha négligemment l'extincteur.

- Madame, si je ne vous voyais pas comme je vous vois, j'aurais juré que l'immeuble était abandonné comme après un marmitage de la Luftwaffe.

La bléchard ne répondit pas. Comme séccotinée, elle gardait la même posture. D'une enjambée, Troonh fondit sur elle et entrava la porte du pied gauche.

- Mes hommages chère madame, dit-il en essayant de donner à la lourde un peu d'ouverture.

Il souriait toujours et tortillait sa nuque pour voir à l'intérieur. La grand-mère semblait microscopique à côté de lui et cabrait le cou pour regarder son visage.

- Je me présente: Troonh; Emile Troonh, représentant en Bibles, livres saints et tous livres religieux.

Et il lui mit une carte de visite sous les yeux. La grand-mère dut reculer d'un pas; Troonh fut à l'intérieur comme par magie.

- De nos jours, dit-il, y'a rien de plus terrible que les courants d'air. Vous êtes à la fenêtre ou dans l'entrebâillement d'une porte, vous ne vous méfiez pas, et **pan!** c'est le rhume. Pire le Covid de Mongolie. Avez-vous jamais entendu parler du Covid de Mongolie, mamie? Huuummm?

Il fit une grimace qui le rendit affreux; et d'une pichenette ferma la porte sans quitter des yeux la bancroche.

- Ô! S'exclama-t-il les mains levées comme pour bénir; quel magnifique crucifix! Ne dites pas non; je flaire en vous la femme de religion. Si vous voulez que je vous dise, par les temps qui courent les gens ne croient plus en rien. Et savez-vous pourquoi?

- Non.

- Parce que, madame, les gens ne pensent plus qu'à Mammon. Oui grand-mère, dit-il sentencieux, vous permettez que je vous appelle grand-mère, n'est-ce pas? Ca me rappelle la mienne... A entasser des billets de banque.

La grand-mère était toujours dans l'entrée et regardait Troonh. Il décrocha le crucifix, et le porta devant lui à bout de bras, comme pour la procession Senhor Santo Christo dos Milagres, Amen! Il demeura dans cette improbable posture, extatique, souriant, à regarder le crucifix une bonne minute durant.

- L'argent..., soupira-t-il en raccrochant le crucifix. Qu'est-ce qu'il y a de plus vulgaire et nauséabond que Mammon? demanda-t-il à la grand-mère en promenant son regard un peu partout dans la pièce. Il reluqua sur le buffet une feuille d'assurance maladie et y laissa tomber un œil indiscret. Il se tourna vers la birbe qui venait de s'asseoir. Il s'empara d'une chaise, fit de même, colla ses lèvres à l'oreille de la grand-mère et lui chuchota.

- Ainsi moi qui vous parle, j'ai abandonné depuis longtemps les basses préoccupations de ce monde. J'ai tourné mon cœur vers le seigneur, et il m'a inondé de sa grâce... J'ai vu Dieu...

- Sans blague; vous causez comme un curé, dit la grand-mère. Elle avait le visage fripé comme le Dust Bowl et quelques poireaux au menton. Ses cheveux gris étaient coiffés en chignon tenu par un filet, comme une épuisette à crevettes. Ses mâchoires ruminaient à vide sur son dentier.

- Parfaitement Marguerite. Il m'a inondé de sa grâce.

La grand-mère le regarda d'un air sceptique. Elle fut longtemps à le reluquer comme ça silencieusement en rongeant son dentier.

- Comment qu'vous connaissez mon p'tit nom?

- Par la grâce Marguerite, par la grâce, répondit Troonh d'un air exalté.

Et il leva les yeux vers le plafond où il vit un lustre en bronze flanqué d'attrape-mouches déjà bien viandassés.

La grand-mère croisa ses bras et ferma un œil. De l'autre, elle fixa Emile Troonh figée dans l'extase. Le temps d'un éclair elle fit jaillir de sa bouche son appareil dentaire.

- Pourquoi vous n'avez pas d'chapeau? demanda-t-elle à brûle-pourpoint, l'air soupçonneux, un œil toujours mi-clos. Tous les vendeurs qui sont v'nus ici avaient un chapeau.

Troonh parut ne pas entendre la question; ou l'ignora, selon. Il s'empara de son cartable et l'ouvrit à une vitesse incroyable en disant que l'athéisme était de loin le plus grand fléau du monde, après quoi venait la non pratique du catholicisme et l'ignorance des livres saints; plus spécialement, précisa-t-il, de l'Ancien et du Nouveau Testament. L'instant suivant, la table du salon fut parsemée de reliures et d'enluminures. La grand-mère regardait Troonh faire des effets de manches de basochard.

- Les protestants sont des infidèles, assura-t-il. Rien que des infidèles, quoi qu'on dise.

- Y'a déjà un monsieur qu'est v'nu pour vendre des livres comme les vôtres, dit la grand-mère en mâchouillant son dentier. J'en ai pris deux; un pour moi, et un pour ma concierge. Comme ça, au lieu de lui donner des étrennes, je lui ai donné un livre. C'est pareil, et les livres c'est quelquefois utiles, surtout les livres de prières.

- Les protestants sont incompréhensibles et plus ennuyeux que tout au monde, marmonna Troonh en ignorant la grand-mère et fouillant dans son cartable. Mais au moins ils lisent la Bible; ces apostats.

- Ma concierge est espagnole; c'est une brave femme. Elle a d'la religion, et va à la messe tous les dimanches. Alors les livres de prières c'est bien utiles, surtout quand on va à la messe. Évidemment quand on n'y va pas, il n'y a pas besoin de livres, encore moins de livres de prières. Mais quand on y va, ça aide.

Troonh avait disparu dans sa sacoche et ne parvenait pas à trouver ses contrats. Il se demandait si son petit morpion de neveu ne les avait pas pris pour faire des coloriages.

- Mon docteur a un cabas comme le votre, dit la grand-mère en touchant du bout des doigts la sacoche. C'est y du cuir? Au toucher en tout cas, ça y ressemble bien. Ce n'est pas comme le skaï. Le skaï ça devient tout de suite moche. Notez qu'il y'en a du bon. Mais ça n'vaut pas le cuir.

La tête de Troonh était plongée toute entière dans la sacoche. Quand il l'eut ressortie, il posa pêle-mêle sur la table une liasse de feuilles froissées.

- La Maison de Dieu a été fondée en mille huit cent quatre vingt dix, et fête cette année son cent dixième anniversaires. Une date qui marque l'arrivée de la Bible de luxe sur le marché grand public. Cuir, enluminures, dorées à l'or fin dix-huit carats, tranchefiles, signets, nerfs mors.

Il ouvrit une Bible sous les yeux de la grand-mère. La blèche ne daigna pas même la regarder et se borna à dire que sa vieille maman était née en mille huit cent quatre vingt dix. Elle pinça son menton entre ses doigts. Troonh aurait bien aimé qu'elle lui offrit à boire pour lier la conversation. Il n'y avait pas de meilleur présage pour la conclusion d'une vente que de trinquer un rapide avec un client. La grand-mère l'écoutait peut-être mais il n'en avait guère l'impression. «*Si elle me propose un café, je tenterais d'obtenir une bière; ou un peu de vin coupé avec de l'eau. Une mousse...*», soupira-t-il. Il sentait sa gorge sèche comme le désert de Gobie. La grand-mère gigotait son dentier depuis le début de la discussion. Elle faisait aller ses mâchoires d'avant en arrière comme le fait un lama. Elle ne bougeait pas de sa chaise et Troonh sentait ses jambes lourdes.

- Une Bible..., c'est la meilleure chose qui soit, argumenta Troonh. Pour se préserver du péché ça fait toujours références. Quand il vous vient un doute, une pensée ou une action mauvaise, un petit coup d'œil dans la Bible et hop, vous voilà renseignez. C'est mieux que d'errer dans le mensonge et le crime. Quand je pense à tous ces gens qui sont plus noirs que Belzébuth parce qu'ils négligent de jeter un petit coup d'œil dans la Bible de temps en temps... Évidemment, tout cela arrive parce qu'ils n'ont pas de Bible au foyer. Fatale négligence!...

- C'est comme pour ma voisine... Je lui avais bien dit: «*Si vous êtes pas tantôt plus raisonnable, un jour il vous arrivera malheur...*». Elle m'a point écouté; elle a quand même traversé la chaussée n' importe où... La voilà bien avancée maintenant qu'elle est à l'hôpital. Pourtant je l'avais prévenue; ce n'était pas faute...

Troonh pensa: «*Si ça continue comme ça, je vais faire chou blanc. Faut que je m'y prenne autrement*». La grand-mère n'avait que ses soucis en tête et ne l'écoutait pas à demi. S'il loupait cette vente, il se promit d'aller se pendre dans la cage d'escaliers ou sous le premier abri de bus. En réfléchissant, il devait bien valoir deux cent francs cet extincteur; et «*mieux vaut tenir que courir*», pensa-t-il. Il s'enfonça dans sa chaise et étendit amplement devant lui ses fumerons.

- Ca doit être un vrai calvaire d'avoir un dentier dans la gueule du matin au soir, dit-il en pointant son doigt vers la mâchoire de la birbe. C'est pire qu'une muselière. Waouf ! Waouf ! Hé hé hé.

Il lui flanqua une claque sur la cuisse, hilare.

La grand-mère semblait ailleurs. Elle fit jaillir son dentier d'un coup de maxillaire et le posa sur la table. Ils le regardèrent tous deux pendant une minute, dans un silence presque religieux; en particulier Troonh qui en voyait un pour la première fois et qui en fut particulièrement intrigué. Il s'inclina vers la table et effleura du bout de l'index la surface des crocheboles.

- Et c'est avec ça que vous mordez? demanda-t-il avec un mélange d'étonnement et de cynisme. C'est de la porcelaine? Du plastique? Sa pépie lui faisait perdre toute limite.

Il avait l'air d'un égyptologue qui venait d'exhumer une momie. La grand-mère se leva et disparut dans la crianche.

En regardant le dentier, Troonh avait l'impression d'entrevoir la perspective de son propre trépas. Ça lui faisait bizarre de regarder cette chose sur la table prête à mâcher, à mordre, ou à lui sauter à la gueule. Il fit glisser son index sur les incisives. La grand-mère revint dans la salle à manger.

- Ce n'est pas drôle tous les jours d'être une vieille personne, dit-elle en se rasseyant et prenant son dentier. Y a des problèmes de santé et d'autres choses encore. Vous êtes jeune monsieur. Vous avez de la veine. Ce n'est pas beau de vieillir.

Troonh n'avait d'yeux que pour le dentier. La birbasse l'avait plongé dans un verre de liquide mousseux... comme du champagne. Troonh avait très envie de retourner prendre son extincteur. Il le vendrait aux puces et rentrerait chez lui avec quelques repas assurés. Ca valait mieux que rentrer bredouille après une journée d'escaliers... Ces jours-ci, il n'avait parlé qu'à des tricards. Pourquoi s'acharner à persuader ce vieux fagot? Il ne voulait plus perdre son temps. Il lui vint à l'esprit que la birbasse cachait peut-être un magot ou par ici des bijoux. C'était comme ça les bléchards, ça payait point de mine; mais après une vie de labeur, ça possédait par-dessous un beau linge blindé au cash...

Troonh reluqua tous les coins de la pièce. Sur l'armoire, sous le linge, sous l'armoire? «*Va savoir*», pensa-t-il en soupirant. Trois termes de retard; et un tiers provisionnel; les charges ne tarderaient plus à présent... Et merde..., il sentit son ventre borborygmer. Devant lui, comme une provocation, la grand-mère nettoyait ses piloches.

- En ce moment notre maison fait de bonnes remises. Il y a une Bible gratis pour deux achetées. Ca permet d'en offrir autour de soi; et certainement votre concierge ne serait pas mécontente de connaître la parole de Dieu. Il y a sûrement une bonne voisine à qui vous donneriez avec plaisir une bonne Bible. Une telle offre, ça ne se refuse pas sans avoir un peu réfléchi, n'est ce pas mamie?

Il griffonnait rêveusement un contrat; pour le cas ou elle se déciderait. Suffirait d'une seconde ; le temps par exemple de remplir le contrat ; parce qu'un bléchard ça changeait facilement d'avis. Il avait décroché maintes signatures sur un simple coup de tête.

La grand-mère sortit du verre son jeu de dominos.

- Combien qu'vous les vendez vos livres? questionna-t-elle soudainement en le rechaussant.

Elle sortit des lunettes et attendit des explications. Troonh sentit sa poitrine se libérer. Il se lança dans une longue péroraison mais la grand-mère le coupa.

- Si on peut payer à tempéraments, dit plusieurs fois la grand-mère, je veux bien en prendre une. Ce n'est pas le coup.

- Crédit gratuit, nos clients sont tous des privilégiés. Trente trois francs pendant trente six mois et vous serez l'heureuse propriétaire de ces trois Bibles en trois volumes. Une aubaine pour vos cadeaux avec une simple signature!

Et il mit le contrat sous les yeux de la grand-mère. Elle tenta de repousser la main envahissante de Troonh. Lui aurait parié un salaire annuel que la vente allait se conclure. Une sorte de jubilation l'envahit, et il se mit à calculer son bénéfice. *«Une signature, rien qu'une petite signature»*, pensa-t-il en plaçant un stylo dans les doigts difformes de la grand-mère. Elle le tint comme ça plusieurs minutes, mais ne semblait pas très pressée de signer. Troonh sentit l'impatience l'envahir. *«Attendre comme ça pour signer un contrat de quatre sous, c'est moche».*

«J'vais la contraindre; ou alors je m'en vais l'occire».

Il regarda les doigts crochus de la barbonne qui cramponnaient le contrat et le stylo. *«Si ces doigts là doivent pas signer je suis prêt à tout. J'vais tout pêter».* Peut-être assommerait-t-il la vieille avant de se jeter avec elle par la fenêtre.

Maintenant qu'elle avait examiné les Bibles, la grand-mère chaussa ses lunettes et se mit à lire les conditions générales de vente. Elles étaient imprimées au verso du contrat en caractères microscopiques, et Troonh pensa qu'il n'était pas sorti de l'auberge si elle les lisait jusqu'au bout. Toutefois, il feignit d'être prévenant et fit un sourire cadavérique. La grand-mère s'attardait sur les clauses et alinéas. *«Vieille chouette»*, pensa Troonh... *«Vieille chouette…».*

- Finalement ça m'intéresse point, dit-elle en reposant le contrat sur la table. J'ai tout ce qu'il me faut à la maison.

- Mamie, rappelez-vous: une Bible gratis pour le prix de deux.

- Vous êtes charmant monsieur. Mais je vous le redis: ça ne m'intéresse point.

Troonh ne prit pas le temps de la réflexion et abattit son poing sur la nuque de la vieille qui s'effondra. Puis il se dressa tel Nosferatu et regarda le corps inerte; ensuite, autour de lui, partout; puis dans tous les recoins. *«Les valeurs, faut que je trouve les valeurs, maudit soit-il».*

Il renversa les tiroirs puis pénétra dans la chambre et retourna le matelas. «*Ca doit bien être quelque part, j'sais qu'il y a quelque chose. On ne me la fait pas. Trouver vite et filer de cette maudite bicoque. Dans le tiroir de la table de nuit*». Miracle! La malchance n'était pas complètement contre lui. Il y trouva des bijoux et les empocha sans examens; fourra dans sa sacoche ses Bibles et ses contrats, jeta sur le corps inerte un dernier coup d'œil et quitta l'appartement.

Les épaules voûtées sous son infâme redingote noire il passa devant l'extincteur. Alors qu'il franchissait le seuil de l'immeuble il fit demi-tour et le prit sous le bras. Avisant une poubelle, il y jeta négligemment sa sacoche.

Sa silhouette lugubre s'enfonça dans la rue Bourgnôle embrumée.

RUE MORBONDE

A présent qu'il avait commis son forfait Troonh se sentait le cœur léger; il venait d'expurger en quelques minutes quinze ans de frustrations et de ratages. Et puis *«un petit coup de karaté de rien du tout ce n'était pas ça qui lui avait fait grand mal à ce vieux bout de cérumen desséché»*, pensa-t-il. Les bijoux extorqués éloignaient la perspective de sa famine et cela faisait grand bien à son portefeuille. Mais il allait trouver un receleur. Il pouvait y en avoir de ces bijoux pour plus de deux mille francs; Troonh voyait dans ce démarchage un mouvement de la providence qui desserrait ses entraves financières.

Il en avait marre de ces fins de mois asthmatiques à se passer du superflu et grignoter le nécessaire.

Une fois trouvé un receleur il aurait en poche une bonne poignée de billets. Et même pourrait-il sans doute payer ses termes en retard; et pourquoi pas un loyer d'avance. Il se dit qu'il pourrait probablement trouver un receleur vers les rues Trombine ou Morbonde, un receleur qui lui donnerait un bon prix. Il pensa qu'il ne fallait garder les bijoux sous nul prétexte s'il ne voulait pas se retrouver en prison pour des années. Sans être familier des larcins, Troonh était bien conscient de cela.

Le soir venu, il s'en fut promener sa longue silhouette de borniol dans les rues Morbonde et Trombine. Sur la manière de se défaire d'un recel, Troonh n'avait qu'une mince idée. Peut-être fallait-il aborder une largue, et l'interroger au creux de l'oreille; ainsi agissait-on souvent dans les films malfamés. Troonh réfléchissait, en arpentant d'un air lugubre les ruelles faisandées. Il y avait là trois hommes qui riaient et fumaient, adossés sur le mur de l'hôtel de Croupe. Troonh levait parfois les yeux sur une de ces aguicheuses toupies; mais cela ne lui faisait nul effet, absorbé qu'il était par son problème de recel, auquel s'ajoutait les borborygmes causés par une faim subite, au point qu'il avait l'impression que ses intestins s'étaient transformés en dragon de Komodo gigotant dans un sac sur son ventre.

Ce soir là, il avait l'air plus sinistre qu'à l'ordinaire; des cernes couleur felgrau sous ses yeux luisaient à la lumière des réverbères et lui donnaient un air vraiment cadavérique, qui faisait se retourner sur lui les badauds. L'éclairage blafard des sex-shops faisait ressortir le lustre de sa redingote. Il l'avait acquise jadis pour une noce à laquelle il ne fut jamais convié finalement; puis s'était résolu à l'usiter au quotidien car elle le protégeait bien du froid et lui permettait de franchir l'hiver. Ses longues mains osseuses soupesaient au fond de ses poches le poids de sa fortune.

Il avisa plus tard une gargote qui lui sembla glauque assez pour y faire la rencontre souhaitée. C'était une petite pizzéria minable tristement éclairée par quelques spots colorés, dont une conséquente couche de crasse durcie par le temps voilait l'éclat. «*Pour être ouverte à pareille heure*», pensa-t-il, «*y doit se passer des choses louches par là-dedans*». Et il longea plusieurs fois la vitrine pour tenter de zieuter dedans, par-dessus les petits voilages rouges cradingues censés masquer la clientèle au chaland. «*Pour se cacher de la sorte, ils ne doivent pas avoir leur conscience de leur côté*», se dit-il. Il marqua quelque hésitation. Malfamé pour sûr, ce restaurant devait l'être, il n'en doutait plus; mais il n'avait nulle envie d'en ressortir avec un couteau dans le dos. «*Avec tous les vauriens qui écument ce bas monde, vaut mieux réfléchir à deux fois avant de cogner à une porte*». Il feignit d'étudier le menu. Mais à cette heure on ne mangeait plus; et il vit quelques têtes surgir à l'intérieur pour l'observer. Troonh les entrevit un bref instant; mais il s'efforça de se concentrer sur le menu; le voir seulement, trop inquiet qu'il était pour en décrypter une ligne. *«M'est avis qu'avec des bobines pareilles je peux parier mon âme que ces gens-là sont de la plus grande truanderie du monde».* Il se demandait comment entrer dans cet établissement sans paraître autre chose qu'un client ordinaire. Les yeux le dévisageaient toujours et il se dit qu'il n'allait pas rester comme ça les deux échasses dans la même botte, à attendre qu'on vint lui taper sur l'épaule comme un suspect. *«Ces gens là me trucideraient peut-être en moins de temps qu'il faut pour le dire; vu l'ambiance...».* Il poussa la poignée de la porte.

La porte était verrouillée. Il insista un peu sans en avoir conscience car il vit d'autres têtes se joindre aux autres pour le dévisager. *«M'est avis que je ferais mieux de déguerpir avant qu'il m'arrive malheur».* Il reculait déjà sur la pointe des pieds quand il ouit le pêne claquer dans la serrure. Il se figea et sentit sa limace se coller sur sa peau mue par la force de quelque électricité statique. *« Doux Jésus, protégez un ex-marchand des saintes écritures»,* se dit-il. L'homme qui lui faisait face avait l'air d'une brute. Il ne devait pas peser moins de cent kilos. Il avait une grosse moustache noire corbeau, une tête ronde et dodue de gaucho argentin, assombrie par une barbe de trois jours. Troonh se dit que les carottes étaient cuites dès lors. Il glissa son index entre son cou et son col de chemise. Sa glotte escaladait son gosier comme un ascenseur. On eut dit une boule de flipper prête à jaillir.

- Si c'est pour manger, dit l'homme, c'est trop tard. A cette heure-ci, le cuistot à filer depuis longtemps.

Il ôta de ses lèvres un mégot et fit sciemment tomber de la cendre sur les rigodons de Troonh.

- Le diable emporte les clients tardifs, ajouta l'homme en regardant Troonh d'un œil torve.

- C'est bien difficile de se restaurer pour un homme qui travaille durement. Un sandwich et une bière feront l'affaire.

- Vous avez l'air d'une fripouille.

- Je me contenterai d'un bock de bière.

Du pouce, l'homme lui fit signe d'entrer et Troonh franchit le seuil de la pizzéria. Il y avait là quelques hommes attablés ; d'autres au comptoir. Tous se trimbalaient des mines de sérial killers et Troonh pensa que son affaire allait bon train. *«Si je ne trouve pas à écouler ma marchandise, j'veux bien être égorgé sur place»*. Il s'accouda coi au comptoir, observé par tous les clients. Cependant l'homme qui lui avait ouvert, et qui semblait le patron, passa derrière le comptoir sans le lâcher des yeux. Troonh promena son regard autour de lui et commanda une pression.

- Voyez comme sont les choses, dit-il subitement à la cantonade. Y'a quelques heures de ça je vendais la parole sainte. Et qu'en est-il à présent? Le savez-vous? Ce sont des bijoux que je vends; et du meilleur genre.

Comme il guettait l'effet de ses mots, il s'attarda sur le visage des clients. Ce qui le frappa le plus fut que ces gens avaient des fioles redoutables. Troonh eut juré n'en avoir jamais vu autant réunies en un seul lieu. Tous les regards étaient vissés sur lui et il se demanda s'il devait y lire ou non de l'hostilité. A présent qu'il se sentait un peu plus dans l'ambiance, il se détendit et songea que les choses allaient se décanter au mieux de ses intérêts. C'eut été le diable que pas un seul de ces zigues ne fut intéressé par son offre à un prix modique. Il tenterait de bonifier la meilleure offre de vingt pour cent pour être sûr de tirer un fort profit.

- J'ai rarement vu une redingote aussi dégueulasse que la votre l'ami, ouit-il venant d'un coin de la salle.

Troonh se retourna et vit trois hommes attablés qui le regardaient froidement. L'un d'eux, celui qui venait de parler, avait des yeux de lézard et un menton gros comme une langue de bœuf. C'était un petit vieux ratatiné sous sa casquette jusqu'à donner l'impression qu'il allait tantôt plonger le nez dans son bock.

- Cette redingote monsieur, c'est celle d'un pauvre homme qui a trouvé dame fortune. Dieu n'est pas toujours du côté des mauvaises gens.

- J'aime pas du tout votre redingote, l'ami. Et moins encore votre tête caverneuse, dit un autre homme plus terne que le premier.

Mais Troonh ne fut pas intimidé et vida son bock cul sec. Le patron le resservit sans qu'il ait rien demandé. Troonh engloutit son deuxième bock. Comme il était à jeun depuis la veille, les effets de l'alcool se propagèrent immédiatement. Il se sentit chaud et une faim subite lui tordit l'estomac.

- Les bonnes affaires ne se présentent pas tous les jours, n'est-ce pas? reprit-il. Combien de gens passent près des meilleures choses par distraction ou manque de foi? Le Seigneur nous Le dit: laissons-nous guider par Lui, et Il nous donnera les fruits de la terre. Au lieu de quoi, les gens courent après la fortune comme des greyhounds. Moi qui vous parle, j'ai mis à profit la Sainte parole et qu'ai-je reçu en retour?

- Des clous. Vous avez reçu des clous. Et vous nous assommez avec vos boniments, dit le deuxième homme. Allez-vous faire pendre en enfer.

- Je te dis une chose patron: tu devrais éconduire ce gars-là qui nous empêche de penser, dit un troisième homme.

Troonh se dit qu'il devait partir ou faire son offre à l'assemblée. Peut-être eut-il mieux valu déguerpir avant qu'il ne fut trop tard, et que tous ces beaux messieurs fondissent sur lui pour le débourser... Pire l'égorger... Troonh pensa qu'un receleur n'était pas un homme honnête de toute façon; et aussi loin qu'il repoussât le terme, il devait en passer par l'un d'eux. Sauf à s'adresser à un bijoutier directement qui pouvait le dénoncer à la maréchaussée. Tant qu'il était dans cet établissement autant valait-il mieux aller jusqu'au bout de sa démarche. Troonh ne pouvait se permettre le luxe d'une transaction sécurisée. *«Faut que je me déleste de ce que j'ai dans les poches. C'est ici et pas ailleurs que je dois traiter»*. Il pensa qu'on le trouverait peut-être à la fraîche avec un couteau de cuisine dans la boite à dominos, ou tranché façon rondelles dans une poubelle. Même si son existence ne lui semblait pas peser lourd, il n'avait aucune envie de finir comme ça. *«Bon sang, je peux encore vivre vieux et trouver un bon job. En attendant, faut que j'en termine avec ces bijoux qui pèsent dans mes poches comme la sainte croix de l'humanité»*.

- Qu'est ce que vous voulez l'ami? lança un homme sans bouger de son coin. Depuis que vous êtes entré ici vous n'avez cessé de nous laver le cerveau. Si c'est pour boire gratis ce n'est pas le genre de la maison. Si c'est pour manger on vous a dit qu'il n'y a plus de chef. Alors buvez votre bock, payez et déguerpissez.

- Vous avez l'air bizarre, reprit le vieux aux yeux de lézard. Je parierais que vous êtes un curé venu là pour nous égrener vos bonnimenteries.

- Ca se pourrait bien, renchérit un troisième homme. Il en à tout l'air en tout cas.

- Pourquoi vous venez prêcher ici mon gars? Vous feriez mieux de vider les lieux, conseilla un homme. Sinon on vous bottera le cul.

Il se produisit alors un événement surprenant que Troonh ne comprit pas. Un homme se leva et alla se mettre au comptoir. Les autres s'interrompirent de boire et le regardèrent comme dans l'attente d'une suite connue d'eux seuls. L'homme se tenait face à ses compagnons. Il avait l'air mauvais et ébouriffé. Troonh pensa qu'il était sérieusement éméché car ses yeux étaient globuleux et bizarres ses attitudes. L'homme se mit alors à parler fort en essayant d'attirer l'attention d'un autre quidam, qui, faisant exception, lui tournait le dos. Soudain, il pointa son index recroquevillé vers la porte de sortie.

- Ecoutez-moi les gars; il n'y a pas plus laid que ce monde, dit-il. Un vrai pousse-aux-vices. A cette heure vous le savez bien il y a des milliers de crimes qui se commettent ; et moins encore que l'heure prochaine.

L'homme cracha au sol avec mépris.

- Qui êtes-vous l'homme? demanda-t-il à Troonh. Que venez-vous faire ici? Il m'est avis que vous êtes de ceux qui propagent le vice et l'infamie.

L'homme regardait Troonh droit dans les yeux. Troonh pensa qu'il était l'heure d'exposer son deal. Tous les clients le regardaient à présent d'un œil torve. Certains faisaient craquer leurs phalanges avec ostentation. Ces doigts-là pouvaient bien tout à l'heure serrer le cou de Troonh comme on essore un linge mouillé. *«Et si ces gens là me détroussaient de mon bien?»*, pensa-t-il. Voila qui ne l'avait pas effleuré depuis son entrée dans la pizzéria. Son cœur se mit à battre sourdement à cette affreuse possibilité. En fait, il craignait peu pour sa carcasse; mais ne supportait pas l'idée de s'être donné tant de peine pour assurer l'ordinaire, et voir son magot s'évaporer tantôt comme un nuage. *«Je me battrai jusqu'à la fin pour sauver mon bien»*, se dit-il en reluquant les clients un à un. C'était peu douteux que ces gens étaient rompus à la violence. *«Ca fait rien»*, se dit-il. *«S'il le faut je reviendrai avec un fusil»*. Il se dirigea vers une table et vida le contenu de ses poches.

Contre son attente, personne ne se leva pour voir de plus près sa précieuse marchandise. Il en fut un peu marri car il s'attendait selon à une envolée d'offres ou de coups de poing. Un lourd silence s'abattit sur la salle.

- Tout le monde à des passages à vide, commença Troonh. Et les bijoutiers sont des coquins. Ces présents bijoux j'en demanderai pas la moitié de leur coûtant.

- Et moi je n'en donnerai pas un centime, lança un homme. Je n'achèterai jamais un produit recelé. Le recel, ca vous mène droit au violon.

- Voyons ces merveilles, dit un autre homme qui s'approcha.

Il se pencha sur les bijoux. Dans le même temps il tira de sa poche une loupe qu'il colla sur son ?il comme un monocle. Troonh regarda plusieurs fois alternativement les bijoux et son receleur potentiel.

«Celui-là me fera sans doute un belle offre», pensa-t-il en nourrissant l'espoir de repartir riche comme un émir. Il imagina ses poches gonflées tout à l'heure comme le paquetage d'un voyageur. Et si la blèche lui avait repassé de la fantaisie? Alors il y retournerait et sa colère serait terrible. Il n'accepterait pas cet affront. *«De nos jours c'est bien difficile de s'y retrouver avec tous ces aigrefins»*, se dit-il.

- Alors? dit-il avec espoir.

- Pour être du bon c'est du bon, dit l'homme en se redressant. Pour ça, il n'y a rien dire. Où avez-vous eu cette petite fortune?

Troonh se dressa fièrement et toisa son possible acquéreur. C'était un homme gras et suintant comme une loche. Quand il remuait ses bras, Troonh pouvait entrevoir de grosses macules de sueur sous ses aisselles et sur son col de chemise.

- Je ne peux pas répondre à ce genre de questions, dit Troonh. Question de sentiments, argumenta-t-il avec un profond soupir et un air pathos qui produisirent leur effet. Et puis…, je ferais du tort à bien des gens dans ma chère famille si elle apprenait… Enfin… D'ailleurs pour vous tout cela a peu d'importance…, acheva-t-il en posant ses doigts sur ses paupières, comme prêt à pleurer.

- Soyez raisonnable l'ami, et dîtes-moi d'où vous tenez cette camelote.

- Sur cette terre, il n'y a pas de meilleur homme que moi, dit Troonh en posant sa main sur son cœur. Ces bijoux me viennent de ma chère maman délicieusement remis sur son grabat. La chère vieille est morte dans la misère… Je traverse une mauvaise passe et je suis certain que cette sainte femme aurait compris ma démarche.

- Si votre affaire relève du déplombage, je risque des années de congés nourris. Vous n'avez chouriné personne au moins?

- Dieu nous regarde monsieur, et Il est mon Témoin. Si je mens, je veux bien qu'Il me foudroie devant vous.

Troonh adopta une posture de sujétion et de crainte du ciel, comme si la bombe H allait s'abattre à l'instant sur sa tête.

- Arrêtez vos jérémiades voulez-vous, lança un client. Ne nous prenez pas pour des Mickey. Ce n'est pas par hasard si vous êtes entré ici l'ami. Vous êtes toqué comme le reste du monde.

- Aucun homme censé n'achètera votre camelote, lança du bout de la salle un autre client en plaçant ses mains en porte voix. Il y a trop de risques. Je parierais mes joyeuses que vous avez déplombé une pauvre vioque. Et peut-être même votre mère en personne sur son lit de mort. Ou encore votre grand-mère. Vous avez une tête de crocheteur. Je vous bourrerais la gueule avec plaisir, espèce de galapiat.

- Depuis que je suis arrivé ici, j'ai entendu tellement d'insultes que j'ai impression que mes oreilles vont à l'instant tombées en cendre sur le parquet, grogna Troonh. Puis il ajouta plus posément. Faites-moi une offre convenable, vous avez l'air d'un honnête homme, ajouta-t-il à l'intention de son receleur éventuel.

- A quatre cents francs, vous n'êtes pas volé, répondit l'homme après un moment de réflexion. Je risque ma liberté et ma réputation d'honnête homme.

- Vous êtes une crapule, marmonna Troonh sans que celui-ci entendît.

Troonh était perdu dans ses pensées.

- Topez, dit-il, finalement satisfait de l'offre.

«C'est vendu. J'en espérai pas tant. Mais ca valait au bas mot 800 francs. Je suis grugé mais débarrassé. Dieu est pas de mon côté aujourd'hui».

De toute façon, dans sa situation, il ne pouvait pas jouer au bec fin. Et puis l'homme avait l'air fermement accroché à son offre. Troonh s'y entendait pour comprendre ces choses là, après quinze ans comme démarcheur. Aussi il avait peur que son sauveur changea d'avis; mieux valait ne pas faire le malin. Quatre cents francs, ça faisait toute la différence dans sa situation; il y avait beau temps qu'il n'en avait pas gagnés autant pour si peu d'effort.

- D'accord, d'accord, répéta-t-il. Où est le fric?

L'homme plongea sa main dans son gros portefeuille gonflé de billets. Troonh n'avait jamais vu un pareil morlingue. *«Que de picaillons, bordel»*, gémit-il. Troonh sentit ses yeux jaillir de leurs orbites, prêts à choir sur ses chaussures. Il n'y avait qu'à la banque, et encore, qu'il avait pu voir une telle quantité d'argent d'un seul coup. Détenu par un seul homme. Troonh se dit qu'il devait être ministre, juge ou avocat; ou encore quelqu'un du show-business.

Troonh dévisagea l'homme pour tenter de le reconnaître. Peut-être l'avait-il vu à la télévision, dans la presse ou au cinéma, mais il ne s'en souvenait pas. *«Ca doit pas être le dixième de ce qu'il possède ce gars là»*, pensa-t-il en faisant une improbable pantalonnade qui parut inquiéter son receleur. Troonh avait un œil fermé; et l'autre, affreusement plissé, fixait son interlocuteur.

- C'est vrai que vous avez une tête de timbré, lâcha subitement l'acquéreur. Vous avez les yeux jaunes.

Quelques clients s'étaient agglutinés autour d'eux, impavides, comme si l'exhibition de tant d'argent était chose la plus naturel du monde. Troonh se sentit ulcéré par la remarque et songea qu'il n'avait connu au cours de sa vie que la déconfiote.

- Je voudrais bien connaître l'astuce qui peut rapporter autant de gros sous, dit-il à son acheteur qui comptait les billets.

Pour toute réponse l'homme lui tendit une poignée de billets de cent francs. Troonh avisa ses horribles croquenots qui rebiquaient comme ceux de Zavatta, puis les reluisants souliers vernis du receleur. A côté les siens avaient l'air de deux verrues. Voilà ce qu'il devait acheter sans tarder car le moindre détail de lui-même lui sembla insupportable. *«Si je veux me retrouver un bon job, il me faut un belle mise sans tarder. Il n'y a de la chance que pour la raclure. Monde d'empaffés»*. Il avait souvent vu de ces personnes chics à la télévision, avec leur complet neuf sur mesure et une limace assortie du plus bel effet; celui qui lui prenait ses bijoux devait en être, de la haute.

- Pour avoir tant de sous, vous devez avoir un beau métier, hasarda-t-il l'air de rien. A ce propos je suis en peine d'un emploi bien rémunéré et honnête et je serais heureux d'être aidé par un homme comme vous. Vous ne trouverez pas dans cette ville de travailleurs plus courageux que moi. Dans vos amis, vous devez avoir quelqu'un de bien intentionné et humain qui serait content de m'employer, pour sûr. Bien vêtu comme vous l'êtes par exemple, je pourrais être du meilleur chic, termina-t-il en souriant de toutes ses dents jaunes.

Le receleur, qui venait de rafler d'un geste sec les bijoux sur la table, regarda Troonh avec indifférence.

- Vous ne travaillez pas?

- Les temps sont durs tout le monde le sait, ricana affreusement Troonh. Avant de mettre au clou les bijoux que m'a donnés ma vieille mère sur son lit de mort, je vendais des Bibles de luxe, dit-il avec fierté.

Puis il ajouta d'un air contrit.

- Mais par les temps qui courent, les gens n'ont plus de religion. Mieux vaudrait encore vendre des livres de luxure et de fornication. Les gens n'en ont que pour le sexe.

- Vous sauriez vendre des produits de ce genre? demanda l'homme d'un ton lointain.

- Il n'y a rien qui arrête un bon vendeur.

- Venez par ici, lui dit le receleur, le prenant par les épaules et l'entraînant à l'écart dans la salle. Les clients cependant ne leur prêtaient plus attention. Tous étaient en pleine discussion et tout du remue-ménage semblait oublié.

L'homme et Troonh s'attablèrent. L'homme commanda deux bières au patron.

- Vous avez une bobine suspecte mais plaisante l'ami, dit-il. Ce n'est pas comme tous ces vauriens qui vous ont insulté tout à l'heure et qui ne valent pas une épingle à nourrice, ajouta-t-il avec un air de dédain.

Il se pencha vers Troonh et continua à voix basse. Troonh sentit son haleine fétide mais ne laissa rien paraître de son dégoût. De toute façon, la sienne ne valait pas mieux.

- Sans doute ça vous chagrine un peu de savoir qui sont tous ces pieds nickelés ici présents. Après vous avoir parlez comme ils l'ont fait ça doit bigrement vous intriguer. Notez que ce serait chose normale. La plus simple des politesses interdit ces manières là sacristi. Je les désapprouve. Moi, ma vieille mère m'a appris la politesse; sans doute comme le fit la votre. Les insultes et les brutalités, ça me fait horreur. Je n'ai jamais pu en user même quand je me sens dans mon bon droit. Mais il y a de la graine de fripouilles dont les mauvaises manières ne blessent pas l'âme. C'est l'époque qui veut ça et les choses ne vont pas aller en s'arrangeant, soyez en sûr. En tout cas, vous avez eu la patiente d'encaisser tout ça sans vous énerver. A votre place j'aurais déguerpi. Enfin le monde change..., il faut s'adapter. Qu'est ce que je vous disais déjà? Ah oui, je vous demandai si vous aviez une idée de qui sont ces poivrots attardés. Vous devez bien avoir une petite idée sur la question. Vous ne voyez pas, réfléchissez un peu. Allez, je vais vous donner un indice. Leur présence résulte d'un commissariat à deux pas d'ici.

Troonh le regardait mais n'avait pas la moindre idée.

- Je vous aide encore? Et puis tant pis, je vous dis tout. Il se pencha vers Troonh qui put davantage sentir ses aisselles. Ces gars là sont des policiers qui travaillent au poste de la rue du préfet Dumolard. Section spéciale; ils sont de la pire espèce. En fait Ils sont les seuls à pouvoir transgresser la loi en toute impunité. Alors, le jour ils sont condés, et la nuit ils viennent arranger leur fin de mois en trafiquant un petit peu. C'est légal à ce qu'on dit; c'est en tout cas indétectable. Ça leur permet au mieux d'utiliser les voyous, au pire de travailler avec eux. Il y a aussi quelques chômeurs dans cette salle qui cherchent des boulots réguliers. Pouah! Des boulots réguliers!... Tandis que moi qui vous parle, je peux vous remplir les poches en un clin d'œil. Je n'ai que faire de tous ces salopiots. Je peux faire travailler tout homme besogneux et pas bégueule, dit-il en posant ses doigts sur sa poitrine. Je n'ai que faire des atermoiements de vierges effarouchées. Dans le travail, je ne connais pas mon pareil. Seulement, je faits pas dans la dentelle. Encore que... Ce que je vends c'est de la pure et de la dure. Et ça rapporte un max. De l'argent, beaucoup d'argent...

- Si vous êtes dans le négoce, on peut s'entendre. Je vous vendrais un tas d'ordures ou la bombe atomique au Dalaï-lama si on me paye bien pour ça. C'est en moi, j'ai du baratin plein les cordes vocales. Mais essayez pas de me refiler des livres saints ou des Bibles. Ce genre de produits ne se vend pas à un homme de notre temps. Je pense même que le Christ et Moïse n'achèteraient pas. Si vous m'engagez, vous n'aurez pas à le regretter.

- Je vends vraiment du spécial, dit l'homme paisiblement. Faut pas porter de jugement sur le produit. Sinon autant en rester là.

- Donnez-moi des canons des fusils, des obus, je les vendrais aux enfants africains. Vous vendez des armes c'est bien ça? Vous pouvez avoir confiance, dit Troonh qui fit un clin d'œil malvenu. Je vous vendrais la bombe H au maire d'Hiroshima ou à Bernadette Soubirous.

L'homme regarda E. Troonh et tira sur son cigare à petites volutes.

- Ce que je vends est plus facile à vendre que vos idioties; et les clients se trouvent à tous les coins de rue. J'ai de la clientèle partout. C'est bien simple, à moi seul je n'arrive plus à suivre. J'ai deux commerciaux qui ne font plus face.

- Bon sang, vous travaillez à l'international alors? Je n'ai jamais touché à ce truc là; mais je pense que je saurai m'en sortir. Dites m'en un peu plus voulez-vous.

- Si vous y tenez; mais j'espère que vous ne serez pas choqué. A vous regarder, ca m'étonnerait bien. Vous semblez ouvert sur les réalités de ce monde.

L'homme sortit de sa poche intérieure une sorte de magazine et l'ouvrit sous les yeux de Troonh.

- C'est notre catalogue. Comme vous le voyez, on en a pour tous les goûts. La maison n'est pas moraliste ou pudibonde. A mes yeux, il n'y a pas de raison particulière à empêcher les gens de voir les choses à leur façon. Je parierais que vous êtes un type large d'esprit. Les gens doivent vivre à leur manière, n'est ce pas?

Troonh feuilleta le catalogue, l'air absent. Il connaissait ce genre de littérature, mais ne pensait pas qu'il existât des catalogues.

- Faut vendre ça j'imagine? demanda-t-il d'un air contrit.

- Faut pas être bégueule. Vous vous ne sentez pas à la hauteur ? Si ça choque vos bonnes mœurs, dîtes-le. Avec un gars comme moi, faut pas se gêner. Je respecte tous les points de vue.

Troonh feuilletait le catalogue sans réelle attention.

- Vous pouvez gagner beaucoup d'argent, dit l'homme. Suffit de pas être trop regardant; il y a un tas de gens qui voit le mal partout et je n'ai rien à leur dire. D'ailleurs ils ne s'enrichiront jamais de cette façon.

- Ouais... Ouais... Mais enfin, je vendais des Bibles... La transition est difficile...

- Ca vous intéresse pas, n'en parlons plus, dit l'homme en essayant de reprendre le catalogue d'entre les mains de Troonh.

- Permettez, je n'ai pas dit non. Je me tâte.

- Ne vous tâtez pas trop. Avec ce genre de littérature, il s'agit de ne pas de se tâter trop longtemps. Vous avez peur pas vrai? Vous préférez attendre comme les autres un petit job honnête où vous gagnerez quatre sous de toute façon. Sautez le pas mon gars! Et bientôt vous serez couvert de pognon jusqu'aux oreilles. Ou alors retournez à vos Bibles.

- Comment qu'on vend votre marchandise? Sous le manteau?

- Sous le manteau? Sous le manteau? Vous n'y pensez pas, Les choses ont évolué. Non, vous démarchez les petites boutiques. Vous pouvez travailler par téléphone si le cœur vous en dit. Mais surtout pas de porte à porte chez les particuliers; à ce propos la loi est intraitable.

Troonh songea au gros tas de billets que l'homme avait exhibé tout à l'heure. *«Un pareil magot me remettrait bien avec mon banquier; et ca mettrait fin à mes tracas».*

- Et pour mes commissions?

- quinze pour cent de votre chiffre. Vous pouvez prendre au bas mot trois milles francs par mois. Et net d'impôts si vous le voulez. Je paye en espèce.

- Vous ne déclarez pas vos démarcheurs?

- Si vous commencez à parler comme ça autant passer à autres choses. Allez rejoindre les chomdus, je n'ai pas de temps à perdre.

Troonh mit le catalogue dans sa poche.

- Si je travaille pour vous, je vais en avoir besoin.

- Vous êtes un gars intelligent. Il va y avoir du plaisir à travailler avec vous.

Ils vidèrent leurs bocks de bière et en burent toute la nuit.

A l'aube, Troonh quitta la pizzéria à moitié poivré et mal rasé. La fatigue aidant, il avait l'air plus lugubre qu'à l'ordinaire. Les quelques badauds qu'il croisa sur le chemin de son domicile le guignèrent, quand ils ne se retournèrent pas franchement à son passage. Troonh ne se rendit compte de rien et marcha jusqu'au passage

Blauque comme un automate. Ses poches de redingote étaient tendues à se rompre et la petite monnaie y tintinnabulait. Il y avait enfoui une liasse de bons de commande en plus du catalogue. Avant que de se mettre à l'œuvre il voulait s'accorder quelques heures de sommeil bien mérité. Au reste, il pouvait dormir à satiété jusqu'au crépuscule car son nouveau job ne s'exerçait pas de jour. Son patron avait bien insisté sur ce point: les plus juteuses affaires se concluaient la nuit.

Rentré chez lui Troonh programma son réveil à six heures du soir. Après quoi, il regarda autour de lui. Pour la première fois depuis longtemps, il se sentit déconfis par la mélancolie en voyant la décrépitude de son taudis. Celui-ci ressemblait davantage à une étable du Moyen Age; et encore, il eut été douteux que du bétail acceptât d'y loger. *«Il n'y a pas dans ce monde d'endroit plus dégouttant que cette piaule. A part les latrines publiques où je ferais mieux de m'installer. Et le malheur veut que ça soit moi qui y vive»*, maugréa-t-il à haute voix en faisant des bras un geste circulaire, comme pour présenter son taudis à un public invisible. Un instant, il eut l'air théâtral. Puis il se laissa lourdement choir sur un matelas, qu'on pouvait plus justement qualifier de grabat ou même de litière. Il regarda le plafond qui tournoyait au dessus de lui puis sombra dans un sommeil de pochard.

Quand il se réveilla, il sentit sa bouche empâtée par la bamboche de la veille. Il se redressa et resta assis dans sa couche, bateau ivre. Tout tanguait autour de lui. Il avait dormi dix heures d'une traite, et se sentait abruti par un sommeil méphitique. Aussi, il sentit ses articulations craquées à tout rompre quand il essaya de s'étirer. Il mit cela sur le compte de la fringale ou d'une hypoglycémie passagère. Après quelques minutes, il se trouva mieux disposé pour se rendre dans sa kitchenette. C'était un petit réduit de quatre mètres carrés sans fenêtre, empestant le graillon, au plafond bas, à cause d'un enchevêtrement de tuyauterie et de câblages qui pendillaient au dessus de sa tête comme une menace de frappe nucléaire. Il ne savait pas trop à quoi tout cela pouvait servir et l'envie lui venait souvent de débroussailler au sécateur cette toile d'araignée. Mais il n'avait jamais pu mener à bien cette tâche car il n'avait pas le sous pour acheter une cisaille ou une disqueuse; si bien que pendouillait dangereusement sur sa tête des câbles d'origine douteuse, qui risquaient bien, un jour ou l'autre, de le laisser raide foudroyé. Toutefois, Troonh n'en avait cure, occupé qu'il était à chercher dans ce capharnaüm un peu de frichti, tel un clebs errant au fonds d'une poubelle. Il rassembla ce qu'il trouva pour composer sa pitance: deux poissons dangereusement décongelés qui squattaient le bas de son réfrigérateur depuis un temps indéterminé; un morceau de camembert qui empuantit promptement la kitchenette quand Troonh l'exhuma. Et puis ce fut tout.

Troonh constata avec aigreur qu'il n'avait pas de beurre pour cuisiner les poissons et dut se résoudre à les frire à même la poêle. Ca ferait l'affaire. De là, il les aspergea copieusement de jus de citron en flacon avec l'espoir de les rendre comestibles et digestes. Rien ne put toutefois leur ôter une certaine saveur qu'il ne put identifier et qui envahit son palais; le camembert produisit le même résultat. Recroquevillé dans son réduit, Troonh avait l'air de prendre son repas dans un caveau de famille, tant il tenait davantage d'un cercueil redressé que d'une kitchenette. Il vida plusieurs verres d'eau et se dit qu'il était temps de se mettre au travail.

Tout d'abord, il étudia attentivement chaque document que lui avait remis son employeur. Il y avait là un lot de factures et de bons de commande, le catalogue des articles et des cartes de visite, sur lesquelles était imprimé un numéro de téléphone, mais pas de nom. C'était celui de son patron, sans aucun doute. Troonh se demanda pourquoi son patron qui l'invitait à vendre des choses si glauques n'avait pas la franchise de se nommer. Sans doute par manque de courage; ou pour éviter d'avoir à endosser sa responsabilité en cas de pépin. Puis Troonh se dit que l'argent n'avait pas d'odeur après tout; et peste, ce n'était pas de la cocaïne ou de l'acide qu'on lui demandait de vendre. *«Pourvu que ça me fasse vivre décemment je n'ai pas à mettre mon nez dans les affaires des autres. C'est là tout ce que doit attendre un colporteur brave et honnête, soucieux de vivre de son labeur, dans la simplicité et le respect de sa personne»*, pensa-t-il, dithyrambique. Et il remit les documents dans ses poches de redingote. Ensuite de quoi, il ouvrit grandes les portes de son armoire dans laquelle s'entassait un inextricable fatras. Sur une étagère en particulier, il y avait une pile significative de papiers et de livres jaunis par les ans que Troonh flanqua au sol sans ménagement. Il se mit alors à fouiller là-dedans comme un biffin dans un tas de détritus. Troonh songea un instant aux chiffonniers des bidonvilles de Calcutta puis se mit à maugréer. Il finit par se redresser avec en main un gros livre qu'il tint fermement serrer contre sa poitrine, comme Moïse tenant la Torah, ou le capitaine Achab ferrant Moby Dick. *«Nom de Dieu de nom de Dieu»*, grommela-t-il avec un éclair de haine dans les yeux; *«cet annuaire est plus vieux que Toutankhamon»*. Un affreux rictus déforma son visage et il balança l'annuaire à travers la pièce. *«Pas moyen d'arriver à quelques chose! La peste!»*. Il s'empara de sa redingote qu'il enfila prestement et bondit dans l'escalier, en claquant la lourde sur ses talons. Peut-être qu'à six heures la Poste était encore ouverte. Il dévala les marches quatre à quatre et ce fut miracle si ses longues guiboles de tipule ne s'emberlificotèrent point. Au deuxième palier, il faillit renverser une fillette qui gravissait les marches à cloche-pied. Troonh eut un mal de chien à stopper sa course en se cramponnant à la rampe de toutes ses forces. Ses semelles dérapèrent mais il parvint à retrouver son assiette. Une fois remis de ses émotions, il reluqua la gamine avec curiosité.

- Bonjour mon petit lapin, dit-il en découvrant ses vilaines dents jaunes. Tu cherches ta maman?

La fillette le regarda droit dans les yeux et parut ignorer la question.

- Tu es bien mignonne ma jolie poupée, poursuivit Troonh en caressant les cheveux de la fillette. Veux-tu que je t'achète des bons caramels? Je connais une confiserie qui n'a pas son pareil. Après je t'emmènerai au zoo voir les vilains singes et les grandes girafes.

La fillette dévisageait toujours Troonh, alors que les mains de ce dernier s'égaraient un peu plus bas sur ses hanches.

- Tu es un peu timide mon chou à la crème? Tu ne veux pas me répondre? Les enfants c'est ce qu'il y a de plus chouette au monde. Autant qu'une bonne maman qui nous aime.

Cependant Troonh essayait d'engager ses mains plus avant vers les hanches de la fillette. Elle toisait la longue carcasse de Troonh avec un air manifestement méprisant. Puis elle se dégagea vivement et s'enfuit à toutes jambes dans l'escalier.

- Tes caramels, je m'en bas les steaks, espèce de vieux chibre! Va te faire voir au zoo chez tes amis les babouins à cul rouge!

Troonh demeura de longues secondes, vitrifié. Il eut l'impression que toute la fange du monde s'était déversée d'un seul coup sur sa tête. Il resta ainsi, pensif, et entendit grincer, puis s'entrouvrir, une porte qui laissa paraître deux petits yeux sournois.

- On a pas idée de faire un tel raffut, lança une voix de l'intérieur. Allez jouer ailleurs, sales cafards!

La porte se referma en claquant. Troonh attendit un moment comme en proie à l'hypnose, puis reprit sa descente des escaliers.

La Poste de la rue Brisemiche n'était pas fermée à cette heure et il y put consulter les annuaires. Il réunit ceux de la ville et de sa banlieue mais ne trouva pas celui du secteur Croupante/Mortepente. Il avisa finalement un birbe qui le consultait et le lui arracha des mains d'un geste non équivoque. Il craignait n'avoir pas assez de temps pour l'étudier avant la fermeture de la Poste. Le vieux suivit Troonh en vociférant, mais se résolut à abandonner quand il vit le teint cireux de Troonh.

Après quelques minutes, Troonh s'avisa que les boutiques qu'il cherchait n'étaient point répertoriées. Il abandonna du même coup son projet de prendre des rendez-vous par téléphone. Il quitta la Poste en pestant et retourna chez lui pour rassembler ses affaires. En cherchant dans son fatras il exhuma une petite mallette, qui, pensa-t-il, lui donnerait un air plus crédible. Troonh ne voulait pas de ratages et voulait accroître sa crédibilité. Devait-il ou non fumer le cigare? Il débattit longtemps cette question en son for intérieur puis y répondit par la négative. Il ne voulait pas écraser sa clientèle par trop d'arrogance. Considérant le contenu de sa mallette et s'estimant satisfait, Troonh quitta son réduit pour entreprendre ses premiers colportages.

Comme premier secteur de démarchage il choisit la rue Croupante, parce qu'elle était, à pled, proche de chez lui. Il l'arpenta quatre ou cinq fois puis repéra une échoppe sur laquelle il jeta son dévolu. Il souleva sans hésiter le rideau vermillon maculé de crasse qui occultait l'entrée et se retrouva dans les lieux. Une rivière de spots blancs le contraint à plisser les yeux, et il dut prendre sur lui pour rester naturel. Il parcourut l'espace autour de lui et vit sur les étagères et les présentoirs s'exhiber des objets insolites et grossiers qu'il n'avait jamais cru qu'ils existassent. «*Je voudrais bien savoir à quoi servent tous ces machins*». Planté au milieu de la boutique, Troonh avait une dégaine terrible. Ses bras pendillaient au long de son buste comme deux tuyaux de canalisation; et son long visage amaigri par la frugalité avait l'exacte apparence d'une urne funéraire. Il se demanda s'il pourrait jamais vendre un article dans une boutique si achalandée. Au fond du magasin, il vit un homme assis en caisse qui se curait les dents avec une allumette. Le patron sans doute. Troonh se dirigea vers lui la main tendue.

- Monsieur bonsoir. Je me présente: Troonh, Emile Troonh, représentant de commerce.

Le caissier avait un ventre comme une tête d'hippopotame.

- Max! lança-t-il sans répondre à Troonh. Arrive ici sale fainéant. Et vous, venez par là.

Le caissier quitta le comptoir et fit signe à Troonh de le suivre dans l'arrière-boutique. Il vint à l'esprit de Troonh qu'on allait peut-être lui régler son compte. Une fois dans l'arrière-boutique le patron s'assit et fit signe à Troonh de faire pareil. Il posa ses pieds sur le bureau.

- Les fournisseurs sont des faux-cul, dit-il en guise d'introduction. Ils pensent qu'à me baratiner pour me vendre leur camelote. Alors épargnez-moi vos boniments et venez-en aux faits.

- Je vois que vous connaissez votre affaire, répondit Troonh en déballant son fouillis. Vous avez du franc-parler et vous savez ce que vous voulez; ça me plait. Ecoutez moi ça monsieur: il y avait un Rockefeller qui fit fortune en moins de temps qu'il ne faut pour le dire.

- Et alors? questionna le boutiquier d'un air soupçonneux, fourrant son cure dent plus au fond de sa bouche.

- Personne au monde ne peut prétendre l'avoir entendu proférer un mensonge à sa clientèle. Vous allez me dire que cela ne prouve pas son honnêteté et qu'il y a des vide-goussets partout.

- Où voulez-vous en venir? Je vous voir arriver. Vous essayez de m'embobiner, dit le boutiquier fronçant les sourcils. Qui vous envoie?

- Me faire confiance une fois, c'est me faire confiance toujours. Dans mes catalogues il y a de quoi doubler votre chiffre d'affaires. Même vos clients ne vont pas en revenir.

- Mes clients en voient des vertes et des pas mûres tous les soirs. Je pense qu'il n'y a rien pour les surprendre. Ma boutique a tout ce qu'il est possible d'imaginer. Et même ce que vous n'imaginez pas.

Troonh ouvrit ses catalogues et les tendit au boutiquier.

- Éloignez vos catalogues, dit le boutiquier. Vous allez finir par me crever un œil avec vos ongles mal coupés. Tout ça ne m'impressionne pas. Si vous faites le tour de mes présentoirs, vous verrez des marchandises de ce genre. Je vis avec mon temps et j'ai toutes les nouveautés. Je connais mon métier et la clientèle. Et pas qu'un peu.

A ce moment, des cris provenant de la boutique interrompirent leur discussion. Troonh sursauta et sentit son cœur palpiter. Il pensa qu'il s'agissait sans doute d'une bagarre entre clients; ou peut-être d'une descente de la maréchaussée; en tout cas quelques choses de pas très chrétien. Le boutiquier avait jailli hors de son bureau. Troonh décida d'attendre prudemment son retour. Toutes sortes d'idées le traversèrent alors. Lui parvinrent de la boutique des bruits rauques, parfois des grouinements de porc, ou des sifflements de ronfleur qui lui firent froid dans le dos. Il entendit distinctement des menaces de clients qui voulaient s'entre-tuer au sujet de produits que l'un avait vus avant l'autre, de perte de clientèle ou d'argent, tout n'était pas très clair. Mais plus étrange, ce semblait être des voix d'enfants qui se mêlaient à la confusion et qui n'étaient pas les moins virulentes. Peut-être allait-on assassiner des enfants presque sous ses yeux… Cette idée qui lui traversa l'imagination le fit se recroqueviller davantage sur sa chaise. Comment sortir de ce guet-apens? Il se demanda s'il ne devait pas s'enfuir par la fenêtre; ou s'enfermer dans l'armoire. Il ne voulait pas se retrouver dans une histoire criminelle, lui qui n'avait su, au long de sa vie, qu'assommer une blécharde ou voler les pourboires dans les bars. Il eut parié son âme n'avoir pas fait de mal dans sa vie. Enfin, presque… En attendant, il se cacha tout péteux derrière les rideaux en priant que revint le boutiquier porteur de nouvelles rassurantes. Finalement l'agitation se calma. Troonh se mit en apnée et à l'affût du moindre bruit. Il se préparait à tenter une sortie quand il vit le commerçant réapparaître.

- Que faites-vous là derrière les rideaux, espèce d'abruti? Vous n'êtes décidément pas bien.

Troonh sortit de sa cachette.

- Je cherchais la sortie, répondit-il drapé dans sa dignité. Vous voyant pas revenir j'ai pensé que vous aviez d'autres tracas à traiter.

- Vous m'avez rien barboté au moins? questionna le commerçant en fouillant ses tiroirs l'un après l'autre et ignorant les laborieuses explications de Troonh.

Il fixa Troonh droit dans les yeux.

- Pourquoi vous vouliez filer par la fenêtre? Je vous ai vu. Vous êtes siphonné? Je parie que vous avez entendu le tintamarre et que vous vouliez me voler et ficher le camp. Çà arrive souvent dans ce quartier plutôt chaud et les passants sont vicieux et voleurs. Sans doute comme vous l'êtes. Il y en avait un qui essayait de me barboter mes produits. Et des concurrents pas contents qui vous ont vu entrer. Je ne laisserai pas faire ça. Je tiens une affaire honnête, une bonne maison, honorable, que mon père tenait, et qui reviendra à mon fils. J'ai le souci de ma clientèle, je veux qu'elle se sente chez elle et je m'occupe personnellement de ceux qui veulent me gruger.

- Vous faites un dur labeur...

Le boutiquier toisa Troonh. Les souliers du colporteur rebiquaient comme celles d'un clown.

- Je ne vous le fait pas dire. Je pense que de nos jours on ne rencontrerait même pas de braves gens au paradis. Je pense même que Saint Pierre est devenu délinquant et a trouvé l'asile politique en enfer. La malhonnêteté a tout infiltré même le cerveau des enfants. Dans le ventre de leur mère, les fœtus se demandent comment piquer l'alliance de l'obstétricien qui les met au monde. Écoutez ce que je vais vous dire l'ami.

Il se pencha sur Troonh et lui souffla à l'oreille.

- Il y avait un toubib qui a passé sa vie à découper des cadavres en rondelles et qui a dit n'avoir jamais rencontré l'âme sous son scalpel. C'était un homme raisonnable et soucieux du vrai, ajouta-t-il en se laissant choir sur son fauteuil.

- Je ne peux pas mieux dire que cet homme, dit Troonh. Quand on connaît un peu l'humanité on pense comme pensait ce médecin.

Soudain le boutiquier se pencha vers Troonh; et d'un signe de l'index l'enjoignit à faire pareil.

- J'ai la meilleure clientèle qui soit, souffla-t-il confident. Des gens venus d'où, vous ne voudriez pas même le croire. Il me faut de bons produits et le prix n'a pas d'importance. Sinon, ils ne reviennent pas et s'en vont à la concurrence. Quand il s'agit de ma marchandise, la clientèle ne réfléchit pas et même les plus radins lâchent leur argent. Faites-moi une belle offre et je vous ferai riche.

- Je n'ai pas d'instruction sur les remises, dit Troonh. Ce que je peux consentir, c'est sur ma marge.

Le boutiquier s'adossa sur son fauteuil.

- Faites-le. Vous n'allez pas le regretter.

Troonh, en démarcheur avisé, soupesa vite la situation. Il devait improviser. Céder un pour cent, c'était prendre un risque; sauf à ce que le boutiquier lui passât une grosse commande. *«A neuf pour cent»*, se dit-il, *«j'ai encore une belle marge»*. De plus, il serait payé de la main à main en espèce et c'était tout bénéfice. *«Si je ferre ce gros poisson, nom de Dieu. Il y a des occasion à ne pas laisser passer»*.

- Je prends cinquante exemplaires de chaque produit de votre catalogue, lâcha le boutiquier.

Troonh fut abasourdi. La commande était si énorme qu'il demeura incapable de calculer sa commission. Il vit l'argent couler à torrent.

- Dans ces conditions je vous faits cinq pour cent de remise.

- Allons l'ami, vous n'avez pas le sens de vos intérêts, faites un effort. Songez un peu: cinquante exemplaires de chaque produit, à vingt francs pièce; en moyenne.

Troonh restait incapable de penser. Après quelques minutes de palabres, il abandonna la moitié de sa commission; et le boutiquier fut satisfait. Troonh remplit un bon de commande et tendit son stylo au boutiquier avant qu'il ne se rétractât. «*Cette fois, pas de clause neuf*», se dit-il. Le boutiquier signa sans hésiter et Troonh fit de même. Pour tout dire, l'acquéreur semblait se foutre de la commande.

- Vous livrez quand? demanda-t-il en fourrant l'index plus avant dans sa bouche, à la recherche de débris alimentaires. Les stocks s'écoulent vite dans mon business.

- Sous moins de deux jours, vous serez livré, parole d'honneur, répondit Troonh qui n'avait en fait pas la moindre réponse à cette question.

- Ne tentez pas une entourloupe, dit le boutiquier en sortant d'un tiroir une liasse de billets de cinquante francs. Vingt pour cent maintenant; le reste à la livraison. Encore un mot: méfiez-vous de la jalousie des concurrents. Certains sont prêts à tout pour avoir le monopole.

Troonh s'empara des billets avec convoitise. Il préleva sa part de commission qu'il fourra dans sa poche; il remisa le reste dans sa valisette avec les catalogues et le bon de commande. Il tendit la main au boutiquier qui feignit de ne pas la voir. Troonh n'eut cure de cette énième muflerie, habitué qu'il était aux insultes et aux provocations. Les clients se ménageaient en toutes circonstances; Troonh connaissait son affaire. Sa couardise naturelle l'y encourageait. Le boutiquier le reconduisit jusqu'à la porte.

A peine dehors, Troonh exulta. Il voulut fêter l'événement comme il se devait. Il y avait une chose dont-il avait bigrement envie et qu'il n'avait pu satisfaire faute d'argent, c'était de boire une Bush de

Tournai. Il se mit en quête d'une brasserie du meilleur chic. Il trouva avenue Mortepente un établissement bien agencé et s'y engouffra sans hésiter. Maintenant, il sentait dame fortune au bout des doigts. Il commanda une Bush qu'il but d'une traite puis une autre, avec des moules-frites à volonté. Il ne comprit pas pourquoi ses voisins changèrent de place et continua, indifférent, à s'empiffrer en dégueulasse, faisant d'insupportables bruits de succion. Troonh mangea; ou plutôt dévora des moules frites pendant presque une heure. Sa table et le sol autour de lui étaient couverts de débris alimentaires, coquilles de moule, papiers gras, et d'une quantité significative de bouteilles de bière vides. En fin de repas, il demanda à voir le gérant pour s'ouvrir un compte client. Le gérant daigna à peine lui répondre qu'il n'y avait pas de comptes client dans son établissement.

- Vous avez vu ce qu'il y a sur mes vitrines? dit-il à Troonh. Mon établissement est étoilé et figure dans les meilleurs guides internationaux. Ici, on a les moyens de payer, et on le fait; ou alors, on passe son chemin.

Troonh paya avec un billet de cinquante et ne prit pas la monnaie; car il espéra faire comprendre au gérant qu'il était riche comme lui et qu'il n'y avait aucune raison pour se quereller entre gens biens.

Il sortit de la brasserie et se demanda s'il lui restait de temps assez pour démarcher un deuxième client. A dire la vérité, il avait davantage envie de prendre du bon temps. Il triturait des doigts la grosse liasse de billets dans sa poche. Il fit une longue promenade à la recherche de distractions séduisantes. Il y avait tant de sollicitations autour de lui qu'il ne savait par où commencer. Une grosse bagasse vint lui faire du plat mais il l'éloigna d'un grognement. Il avisa un salon de thé rue du docteur Abitmol et s'avisa n'être jamais entré dans un tel établissement. Troonh avait envie de s'élever au dessus de sa condition. Il poussa la belle porte du salon. Une hôtesse pleine de classe vint vers lui et Troonh put reluquer son joli cul moulé dans sa jupe. «*Il n'y a que du beau linge par dedans*» pensa-t-il. Et il caressa un fol espoir de faire une rencontre agréable, tout en palpant par sa poche son entre-jambes, ce qui n'échappa point à la donzelle.

L'hôtesse le plaça à l'écart, coincé entre les latrines et le débarras. Troonh fut face à un miroir qui lui renvoya impitoyablement sa silhouette de Borniol. «*Nom de Dieu, je pensais pas avoir cette vilaine bobine. Faut que je me fasse arranger chez le coiffeur et le tailleur*». Il irait demain chez le coiffeur et chez le tailleur se faire couper un joli costume. Puis il jeta un regard circulaire sur les clients dans la salle. Autant qu'il en put juger, il n'y avait là qu'une clientèle distinguée, avec des vêtements à la mode et des souliers en cuir. En réalité, il avait du mal à voir car le mur d'angle et deux colonnes porteuses lui masquaient les deux-tiers du salon et le privaient d'éclairage. En fait, il ne se sentait pas si mal dans son espace confiné, car il pouvait d'ici épier la clientèle et cacher un peu sa dégaine. Il n'y avait que ses grandes guitares qui le gênaient car son confinement l'empêchait de les déployer à son aise. En particulier le foutu trépied de cette maudite table qui formait devant ses jambes comme une herse anti-chars. L'hôtesse vint prendre sa commande puis s'éloigna, mais il la rappela sous un prétexte futile, car il avait envie de regarder la perspective de son beau fessier s'éloigner. «*Après tout*», se dit-il, «*je suis client, je paye*». Il devina que la donzelle se doutait de quelque chose car elle le regarda avec condescendance et s'en fut.

Troonh sentit fondre son bel enthousiasme et le doute le gagna. Puis un sentiment de frustration et de rancœur l'envahit. Il se sentit seul, rejeté aux confins d'un monde qui ne voulait pas de lui. Pas moyen pour Troonh de séduire une femme comme celle-ci. Sans doute sa bonne mère qui volait à cette heure parmi les anges devait être bien malheureuse de voir son lardon errer de part un monde, en lutte contre l'infortune et la solitude. Il était quatre heures du matin quand il sortit de sa torpeur; et beaucoup de clients avaient désormais quitté le salon. Ses yeux étaient entre gris et rouges. Il se leva, régla sa note et sortit dans la rue embrumée.

LA MENACE

Quand Troonh parvint non loin de son domicile, douze impasse Blauque, il aperçut sa concierge plantée comme une verrue sur le trottoir, l'air revêche. D'où elle était, elle semblait n'être pas plus grande qu'un baril de Brent. Ses bras croisés sur son opulente poitrine ressemblaient à deux limaces sur des pastèques. Troonh devina qu'il avait quelque rapport avec la faction de sa bignole et il courut à toutes jambes se réfugier derrière une grande poubelle à roulettes. La concierge se dirigea vers la poubelle, en fit le tour et souleva le couvercle.

- Sortez de là-dedans, dit-elle en tambourinant la cloison du container. Je sais que vous y êtes et je vous ordonne bien de sortir.

La poubelle resta muette.

- Si vous ne sortez pas de là, je remplirais cette poubelle d'eau froide. Vous serez bien obligé alors de montrer votre bobèche. Mes poubelles, ce n'est pas vot'e studio; et encore moins un lieu où on peut séjourner comme ça. C'est *mes* poubelles. Je me donne assez de peine pour les tenir propres. Vous allez me les salir avec vos croquenots tout crotteux. Il y a mille endroits où on peut se trouver mieux que dans mes poubelles.

Elle se tut quelques minutes.

- Allez, sortez d'ici et plus vite que ça! ajouta-t-elle en faisant claquer le couvercle.

Après quelques minutes, le couvercle se souleva de dix centimètres puis s'ouvrit lentement pour laisser paraître la tête contrite de Troonh. Il semblait évidemment embarrassé. La concierge avait son air des mauvais jours et battait le sol de ses mules roses.

- Hier, dit Troonh, je suis descendu pour jeter mes immondices. Et devinez quoi? J'ai perdu ma montre dans le container. Vous ne l'auriez pas vue par hasard?

- Vous n'êtes qu'un imbécile. Si vous ne sortez pas rapidement vous allez empester ma poubelle.

Troonh s'extirpa du container. L'opération prit plusieurs minutes car il n'avait aucune envie d'affronter la bignole. Il donnait l'impression de ramasser un par un chacun de ses os au fond de la poubelle. La concierge le regardait avec agacement.

- Vous savez bien que vous devez deux termes au syndic. Voilà quinze jours que j'essaye de vous donner vos avis d'échéance et que vous vous cachez, ou vous enfuyez quand vous me voyez. Et maintenant, vous ne trouvez rien de mieux que de vous claquemurer dans ma poubelle. Si vous continuez comme ça vous serez fichu dehors. Ce que j'en dis c'est pour vous. Et cessez de vous cramponner à ma poubelle; vous allez la faire dévaler jusqu'en bas de la rue.

- J'ai trouvé un emploi terrible, se justifia Troonh. Avant la fin de ce mois j'aurai de quoi régler dix siècles de loyer.

- Ah oui? Je voudrais bien savoir ce que vous mijotez espèce d'olibrius. Vous n'avez pas l'intention de filer à la fraîche sans régler vos termes?

Elle prit du bout des doigts une feuille de chou collée sur la redingote de Troonh.

- Après tout, poursuivit-elle en considérant sa prise, je me moque bien de vos manigances... Vous avez jusqu'à la fin du mois pour payer vos deux loyers en retard ; le mois courant en plus. Ca vous vient du syndic ; et aussi de moi. Car j'en ai plus qu'assez de vous courir après. Je ne suis pas huissier de justice.

Sur quoi, elle s'en fut avec la feuille de chou et sa grande poubelle à roulettes. Troonh songea alors qu'il eut mieux fait de n'avoir point dépenser tant d'argent cette nuit. Il aurait eu la conscience plus apaisé en réglant ses loyers; au lieu de quoi, il sentit le poids de ses dettes comme une enclume sous un chapeau. *«A partir de ce soir, je vais me mettre au travail et réformer mes finances»*, se dit-il en gravissant les marches quatre par quatre. Il entendit un bruit bizarre qui retint son attention. *«Qu'est-ce que c'est que ce truc?»*. Il eut l'impression d'être épié. Il vit un chat noir surgir de nulle part qui vint s'enrouler autour de ses tiges.

- Déguerpis de mes guiboles, sale bestiole! glapit-il envoyant blackbouler le greffier d'une pichenette de jambe. Le matou n'en fut pas décourager et revint vers Troonh. Le colporteur s'enfuit dans l'escalier.

Une fois à l'abri chez lui, il projeta ses chaussures dans le couloir sans les délacer et se dévêtit. En cherchant son pyjama dans l'armoire, il se vit accidentellement dans le miroir. En fait, il avait pris pour habitude de le couvrir d'un drap quand il était nu. Son corps était incroyablement squelettique, blanc comme un cul de navet, planté ici et là de petits poils en forme de tire-bouchons. Autour de ses tétons et de son nombril, il y en avait qui semblaient jaillir de son corps comme la bourre d'un édredon. Ses jambes étaient plus longues que son buste, cagneuses, maigres et semblaient prendre naissance sous ses pectoraux, exactement. Troonh avait eu, adolescent, des ennuis de croissance; puis son corps, allez savoir pourquoi, s'était subitement étiré à partir de vingt ans à la stupeur des endocrinologues. La boulette venait d'un surdosage d'hormones de croissance prescrit dans son enfance par ses pédiatres. S'en étaient suivis toutes sortes d'effets indésirables: dispense de sports, régime hyper-calorifique, hyper-protéiné, mais rien n'y fit; il avait dû se cantonner à la pétanque. Tout ce que son corps n'avait pas pris en masse lui avait profité en taille et il avait poussé comme une rose trémière. Troonh aurait donné n'importe quoi pour possédé un corps d'athlète; et il avait maudit longtemps ses géniteurs de l'avoir programmé ainsi. Avec l'âge, il avait fini par accepter cette disgrâce. *«Il faudrait quand même que je jette ce miroir par la fenêtre»*, se dit-il. *«Et m'achetez une paire d'haltères»*.

Il se coucha. Toute la nuit, il fit des rêves extraordinaires. Il se voyait devenu riche et célèbre. Il avait deux dents en or, un rubis sur la cravate et des souliers à dix mille francs. Il possédait une voiture allemande pleine de cuir et de chrome. Il y avait toujours autour de lui une foule de gens prête à satisfaire ses caprices et on l'appelait sir Troonh dans tous les lieux fameux. Il distribuait parfois avec ostentation une débauche de pourboires qu'il regagnait plus tard au centuple.

Quand il se réveilla, il se sentit d'humeur massacrante; avec des borborygmes dans les intestins, conséquence probable des poissons consommés la veille. Il était quatre heures de l'après-midi et il dut s'apprêter pour la soirée et la nuit à venir. Il n'avait pas mis un pied hors du lit qu'on sonna à la porte. Il ouvrit et vit sa concierge sur le palier, un torchon sur l'épaule, les poings sur les hanches. Comme d'habitude en pareille circonstance, la concierge tenta de regarder l'intérieur de Troonh.

- J'ai oublié de vous dire tout à l'heure. Il y a des messieurs qui sont venus vous voir ce matin. Ils avaient l'air louche... Sans doute vos nouvelles fréquentations... Deux messieurs bâtis comme des lutteurs turcs avec des chapeaux sur le chef. Ils se ressemblaient comme deux gouttes d'eau. Il m'est avis que c'était des jumeaux. Je leurs ai dit que vous étiez absent et ils m'ont questionné longuement sur votre blase. Ils voulaient savoir à quoi vous ressembliez, à quelle heure vous partiez, et celle où vous reveniez. J'ai fait celle qui savait pas. Je ne veux pas me mêler des affaires des autres. S'occuper comme ça de la vie des gens, cela ne rapporte que des ennuis.

- Ils vous ont dit leur nom? Pourquoi ils voulaient me voir? Ils avaient l'air de quoi? questionna Troonh inquiet. Des jumeaux?

- Je vous ai dit tout ce que je sais. Vous avez peur hein ? dit la concierge d'un air goguenard.

Elle le regardait comme un suspect en garde à vue.

- Ca se voit à votre visage que vous avez peur; avec tous les vauriens que vous devez fréquenter, ça n'est pas étonnant que vous vous attiriez des ennuis. Ils n'ont rien dit ces messieurs, ni leur nom, ni rien du tout. Ils avaient les mains dans les poches, ça m'a donné l'impression qu'ils y cachaient quelques choses. Peut-être des revolvers. Ca m'a paru bizarre. M'enfin. Vous ne les connaissez pas?

- Ils vont revenir?

- Comment voulez-vous que je sache saperlipopette? répondit la concierge en faisant claquer un ongle sous ses incisives. Vous ne les connaissez pas?

Troonh n'avait pas la moindre idée.

- Ce doit être mes cousins; ils aiment bien me faire des surprises. Maintenant que j'y songe, ce sont mes cousins. Ils sont jumeaux.

Il mentit pour se rassurer et la bignole aussi.

- Vous ne tenez pas d'eux alors; vu leur gabarit. Vous me rassurez à moitié. Ce n'est pas que je me souci de votre vie mais je ne voudrais pas que vous ameniez des problèmes dans l'immeuble. Ca donnerait au syndic une raison de plus pour vous mettre dehors. Je ne voudrais pas non plus qu'on ait une mort tragique ici; ça ferait du grabuge dans le voisinage, immanquablement. Je ne vois pas les pompes funèbres Bour&Loeil dressées un catafalque devant votre logement; ou la police faire votre autopsie. Ca rendrait les appartements inlouables et invendables. Voir votre boite à dominos descendre dans l'escalier avec tous les enfants témoins de la scène, non merci. J'en ferais des cauchemars, je supporte déjà pas les films d'horreur. Il y a plein de gens qui pensent que rien ne peut leur arriver. Et puis un jour... **Couik...**

Troonh fixait la concierge dans les yeux.

- Pourquoi vous êtes livide? Enfin bon, vous fréquentez qui vous voulez; du moment que vous réglez vos loyers et que vous ne troublez pas le voisinage. Elle avisa sa montre, attachée à sa blouse avec une épingle à nourrice. Déjà cette heure? Il faut que je termine mes escaliers. Je ne voudrais pas manger trop tard. A cause de vos neveux... La prochaine fois qu'ils viendront, vous leur direz de nettoyer leurs chaussures; ils ont salopé mon immeuble.

- Mais bon sang, vous ne savez rien d'autres? demanda Troonh qui sentait son inquiétude se muer en exaspération.

La concierge le regarda avec froideur car elle avait perçu chez Troonh une pointe de lâche nervosité.

- Je vous ai dit tout ce que je savais. Et ce n'est pas la peine de m'interroger davantage. Vous m'ennuyez à la fin avec vos questions. Vous ne m'avez pas dit que ce sont vos neveux? Alors, où est le problème? Il faut que j'y aille, j'ai de l'ouvrage qui n'attend pas.

La concierge s'en fut. Troonh ferma la porte et la verrouilla à double tour puis se dirigea vers la fenêtre sur rue. La nuit tombait et les lampadaires diffusaient dans la brume un blanc halo. Il doit faire froid dehors, imagina Troonh. Il aurait donné n'importe quoi pour savoir qui était les barbouzes qui enquêtaient sur lui. Il se dit que la police eut montré patte blanche en la circonstance; et que, par conséquent, il ne pouvait s'agir de policiers. A sa connaissance, les agents du fisc pas davantage ne venaient pas au petit matin pour inspecter les contribuables; à tout le moins pas sous les traits des deux colosses décrits par la concierge. Troonh se sentait seul au monde comme un hamster et n'avait pas plus d'amis qu'un manchot n'a de bras. Aussi, il n'avait pas le moindre indice, pas le commencement d'une idée, sur ces zigues. Ces gens avaient-ils une raison de lui en vouloir? Étaient-ils venus en reconnaissance pour le cambrioler? Troonh pensa qu'il y avait sans doute un rapport avec ses activités commerciales. Il devait gêner du monde. Le boutiquier avait pris soin de l'alerter. Etaient-ils venus pour le liquider? L'intimider? Le racketter? Il se dit qu'en pareille circonstance les malfaiteurs restaient discrets et ne venaient évidemment pas interroger le voisinage. A neuf heures du soir, il réfléchissait encore et redoutait de mettre le nez dehors. Il décida qu'il n'irait pas colporter ce soir, mieux valait être prudent et attendre d'en savoir plus. Il en arrivait presque à souhaiter le retour des quidams pour savoir à quoi s'en tenir et en finir avec ses questionnements.

La nuit s'écoula paisiblement et Troonh se sentit soulager de rester chez lui. Le lendemain, quand la ville commença à s'animer, il n'en savait pas plus qu'au crépuscule. La seule chose dont-il prit conscience était qu'il avait accepté de travailler dans un secteur commercial spécial et qu'il était très certain qu'il gênait des concurrents. Il se sentait immerger dans un monde inconnu dont-il ne connaissait pas encore les mécanismes. A partir de ce jour, les règles simples qu'il avait imaginées se compliquaient. Le peu de garde-fous avait disparu. Sous des allures policées, le monde était brutal et violent. Troonh se dit qu'il devait abandonner ses activités ou entrer en lice sur un terrain dangereux et hostile. D'un côté, il sentait la peur l'étreindre; mais de l'autre, son appétence pour les gains faciles et rapides. *«Je laisserai pas les autres prendre l'argent que je mérite»*, se dit-il dans un sursaut de dignité qui éloigna ses craintes. *«S'il faut être méchant et sans pitié, j'apprendrai à faire comme les autres»*.

Il était onze heures quand il trouva le courage de sortir de chez lui. Il fit quelques pas dans les rues et entra dans un bistrot rue Vide-Gousset pour prendre un petit déjeuner. Avant d'entrer dans la salle, il y jeta un regard circulaire pour le cas ou s'y trouveraient les deux colosses. Quand il fut assuré que nul ne répondait au signalement donné par sa bignole, il s'assit au comptoir pour être plus prompt à s'enfuir en cas de besoin.

Plus tard, il avait fini son café crème et cinq croissants; et, comme il le faisait chaque jour dans un bar toujours différent, s'éclipsa sans payer en abusant d'un moment d'inattention du personnel. Il n'omit pas au passage de chouraver comme d'habitude quelques francs laissés là sur le comptoir par la clientèle. Troonh estimait avoir pris des petits déjeuners gratos dans dix sept bars différents. Ce qui permettait une rotation suffisante pour s'y faire oublier. Ce n'était pas pour lui une compétition mais une nécessité vitale. A présent, cela lui était devenu coutumier, une vraie routine, un jeu, et même un dû; il avait même à l'esprit maintenant que les cafés lui étaient redevables des petits déjeuners. Payer cette prestation lui semblait désormais une incongruité voir même une injustice. Ces petits déjeuners étaient siens, comme d'autres ont des revenus en bourse, ou des allocations chômage. Toutefois, il n'oubliait pas les serveurs dans ses grivèleries, en n'omettant jamais de leurs laisser un demi-franc de pourboire de ceux qu'il leur avait chourés la veille; un geste visant à le déculpabiliser et à ne pas causer de tort à ces pauvres bougres.

Quand il se fut éloigner assez du café pour se sentir en sécurité, il franchit au hasard une porte cochère et s'en fut compter, planqué à l'entresol, ce qui lui restait d'argent. Il était riche de quatre mille cinq cent quatre vingt francs. Ce qui lui permettait de manger plusieurs jours, voir plusieurs semaines, s'il était raisonnable. Il était certain de pouvoir réaliser encore de juteux démarchages. Et tant pis pour les menaces.

En rentrant plus tard dans le hall de son immeuble, Troonh avisa un garçonnet d'une dizaine d'années assis sur la première marche de l'escalier. Dès qu'il vit Troonh, le gamin se releva avec une dextérité qui surprit le colporteur. Ayant pris un peu de champ, le gamin toisa Troonh. Il avait les cheveux sales et hirsutes.

- Je crois bien que tu es celui que j'attends, dit le mouflet en tournant autour de Troonh, comme un chien qui s'apprête à pisser sur un réverbère. Il le toisait comme le chaland regarde une sculpture de musée.

- Qu'est ce que tu me veux freluquet? dit Troonh en tournant sur lui-même pour suivre le moutard des yeux, car celui-ci ne cessait d'essayer de se réfugier dans son dos. Surtout, Troonh avait peur que le morveux tente de lui choucrave son crapaud.

- Tu es bien celui que je cherche..., dit le rejeton. Ca se voit...

- Qu'est-ce que ça veut dire espèce de morpion, dit Troonh d'un ton coléreux. Dis-moi ce que tu me veux et arrête de me tourner autour comme cela. Si tu continues ton manège je te collerais une mornifle.

Le garçonnet parut ne pas aimer la remarque car son visage s'assombrit. Il fit un pas en arrière.

- Ni pense même pas mon pote, glapit-il. Sa voix fluette de gamin contrastait avec ses propos. Il pointa Troonh de l'index de façon menaçante. Il avait les jambes écartées, comme jucher à cheval.

- Combien tu me donnes pour la course? Pour m'avoir mal parlé, ce sera le double.

Ils se fixèrent dans les yeux en silence. Pour un peu, ils allaient sortir des revolvers et se battre en duel dans l'impasse Blauque.

- Je ne te connais pas morbache, je ne t'ai jamais donné de course à faire. Fiche-moi le camp ou je te donnerais une ratatouille dont tu te souviendras. Je te prendrais aussi ton pantalon pour te punir; et tes baskets.

Le gamin sourit avec arrogance. Il plongea sa main sous son tee-shirt et en tira une enveloppe qu'il montra à Troonh. Le colporteur fit un pas en avant pour s'en emparer mais le mioche fut rapide à se dérober.

- Donne-moi ça ou tu auras ta beigne; petite blatte.

- Donne-moi d'abord une pincée de fric ou je la déchire.

- **Kouaaa?**

- Tu m'as bien compris vieux hibou. Deux cents francs. Tu m'as insulté, le prix a doublé.

- Tu faits chanter les grandes personnes à présent? Tu n'auras rien m'entends-tu, et tu vas me donner mon courrier illico. D'ailleurs, qu'est ce qui me prouve que cette lettre est pour moi? Tu pourrais aussi bien vouloir m'extorquer de l'argent. Montre-la, et je te donnerai deux francs pour t'acheter des Malabars.

- Tu peux aller te faire reluire. Donne-moi mes deux cents boules.

- Tiens voilà vingt francs. Donne-moi mon courrier maintenant, voyou.

- Des clous, je préfère la déchirer. Et il commença à tordre l'enveloppe.

- Tu n'es qu'une graine de galapiat.

Troonh comprit qu'il n'obtiendrait rien et sortit quatre billets de cinquante francs. Le gamin fit un pas et les lui arracha des mains. Il jeta le courrier au sol et s'enfuit à toute jambe. Troonh la ramassa, l'épousseta et l'ouvrit.

OCCUPE-TOI DE TES OIGNONS OU IL T'ARRIVERA MALHEUR.

Ça alors! Troonh n'en revint pas.

Troonh devint raide comme un électrocuté. Il sentit ses extrémités devenir glacées comme plongées dans un bain d'azote. Il pensa au mouflet qui lui avait peut-être entourlouper; car rien ne disait après tout qu'il n'avait pas écrit lui-même le poulet. Troonh se lança à sa poursuite dans la rue Blauque puis dans les ruelles adjacentes mais le gamin était véloce et le colporteur dut se résigner. Il n'en saurait pas plus. Il avait moins de chance d'attraper le gamin qu'un aveugle de trouver un pou dans la tignasse d'un hippie. Troonh fit tout de suite le lien entre le message et les deux molosses à ses trousses. Il était devenu un gêneur pour des gens inconnus. Il lui parut hors de doute que ces deux événements résultaient de ses activités commerciales. Il faisait de l'ombre à quelqu'un, voilà tout. Pourquoi son employeur gardait-il l'anonymat? Troonh devait démasquer les intrigants.

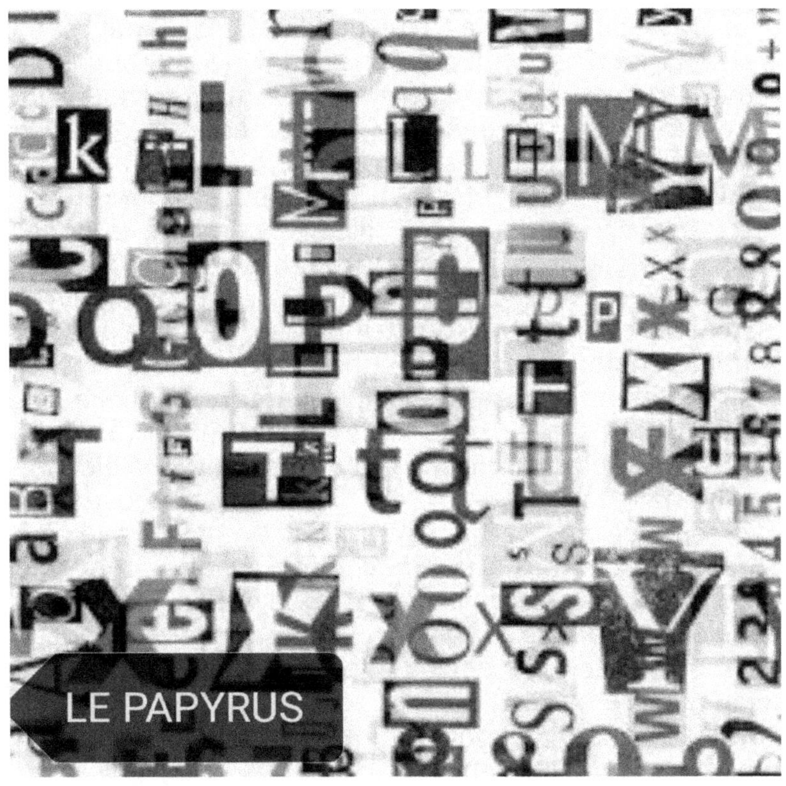

Troonh restait vissé sur le trottoir à relire le message comme s'il eut pressé un quartier d'orange jusqu'au dernier jus. Mais son cerveau restait hébété par ces événements. Il ne savait plus quelle heure il était; si on était en matinée ou en soirée, et où il était. Il devait se remobiliser pour faire face à ces menaces. Il lui semblait clair maintenant que cette espèce de fatwa résultait de ses négoces. Et qu'il ne pouvait s'agir que de concurrents mécontents et sans doute dangereux. A cette heure, les deux arsouilles devaient le talonner pour lui régler son compte. Troonh se dit qu'il valait mieux reprendre ses activités de démarcheur en livres pieux. Du moins n'y risquait-il pas sa vie. Il se résolut à abandonner son job et entreprit de retourner rue Bourgnôle récupérer sa sacoche dans la poubelle, s'il en était temps encore. Chemin faisant, il eut l'idée de regarder le verso du message. Il y vit une tache blanche qui l'intrigua. C'était du Tip-Ex copieusement badigeonnée sur ce qu'il devina être en filigrane une adresse. Troonh rebroussa chemin jusqu'à chez lui, déterminé à exhumer le texte, soigneusement badigeonné mais avec une grossière maladresse aussi. Mais avant cela, il décida d'entrer dans une cabine téléphonique pour appeler son employeur. Il fit plusieurs tentatives mais tomba inexorablement sur un répondeur saturé de messages.

Rentré chez lui, il approcha la missive d'une forte source de lumière en espérant voir apparaître le texte en filigrane. Mais la couche de tip-ex était trop drue. Il essaya alors avec la flamme de son réchaud à gaz. Mais le Tip-Ex formait une couche blanche, compacte et réfléchissante comme de la peinture laquée. Il lui vint une autre solution. Il se saisit dans le tiroir du buffet d'un couteau bien aiguisé et tenta de grattouiller le Tip-Ex micron par micron. L'opération s'avéra très longue et par trop laborieuse. Et puis, il ne devait pas entamer le papier au risque d'altérer le texte. Troonh avait l'air d'un égyptologue penché sur des débris humains ou sur les bandelettes d'une momie. Son rachitisme donnait à la scène un aspect épouvantable. Il avait tombé sa limace et son maillot de corps pour être plus à l'aise et il semblait à présent qu'il partageait son taudis avec un zombie haïtien. L'ombre de Troonh se dessinait sur les murs jaunes de la cuisine et se livrait à une danse macabre sous la flamme du réchaud. La table sur laquelle il s'était installé se couvrait d'infimes corpuscules de Tip-Ex, comme des rognures d'ongle. Le réchaud, pour parti rouillé, représentait un danger criant pour la sécurité de l'immeuble et pour la sienne; et faisait peser sur Troonh un risque patent d'asphyxie; et sur l'immeuble, et même le quartier, une explosion ravageuse. Mais Troonh, tout à son affaire, n'en avait cure. Il avait hâte que se révélât le texte caché. D'ailleurs, ses efforts commençaient à être couronnés de succès. Quelques traces d'écriture bleue apparaissaient sous l'épaisse macule de Tip-Ex. Troonh tremblotait un peu à force de concentration. Au bout d'une demi-heure environ, la moitié du texte était visible; mais hélas, presque illisible... Le sens surtout, demeurait une énigme. Il y avait un numéro, probablement celui d'un téléphone, car on pouvait encore confondre les 8 et les 0, les 1 et les 7. Cela semblait au colporteur un rébus du petit train d'Interlude. Troonh reprit son grattage. Il avait l'air de gratter une grille de loterie. La couche de Tip-Ex fut entamée assez pour qu'il terminât aux ongles.

Après quelques minutes, le texte fut totalement dégagé. Troonh s'installa plus confortablement pour l'étudier. Le texte était loin d'être clair et il dut chausser ses vieilles lunettes. Il put décrypter quelque chose de ce genre :

Rou e s ola re esi ny

/ 6 av nue ou e Jarr t

Tél : 01.45.47. 8. 9.

«Qu'est ce que c'est que ce salmigondis?», grommela-t-il. Il ôta ses lorgnons qui le gênaient plus qu'autres choses. Il prit un torchon de cuisine et les astiqua sans résultat ; car ce n'était pas des empreintes ou de la poussière qui maculaient les verres, mais une toile de micro-raillures. Quant au torchon, il était raide de crasse. *«Je ne suis pas aidé, même le diable s'en mêle»*, dit-il en lançant ses binocles à travers la pièce. Il étudia davantage le message.

Rou e s ola re esi ny?

«Rouesolaresigny, rouesolaresigny, foutu nom de Dieu. Que le cul me pêle. J'y comprends rien».

Pour la première fois depuis longtemps, il s'allongea pour prendre le temps de la réflexion. Un exercice qui ne lui était plus familier depuis qu'il tuait son temps et son énergie à courir le cacheton; en fait, depuis sa naissance pour être franc... Il n'avait plus beaucoup de doute sur l'adresse, il s'agissait de l'avenue Coupe Jarret, l'ancienne avenue des Ecuries. Mais dans quelle ville? il y avait des rues Coupe Jarret en nombre dans les villages et bourgs avoisinants. Quant au numéro de téléphone, il ne voyait pas bien comment trouver les chiffres manquants. Fatigué, Troonh se morfondait dans sa réflexion, guettant une étincelle qui ne jaillissait point. Il considéra la pendule de sa pièce; il était presque trois heures de l'après-midi. Il demeura étendu pendant deux heures. Dehors, le ciel était gris et bas. Des nuages poussés par de fortes bourrasques avaient provoqué la venue prématurée du crépuscule. Troonh voyait des feuilles de platanes tourbillonnées dans l'impasse Blauque et planées devant sa fenêtre unique. Il avait réduit la flamme du réchaud. Il ne se releva pas pour tourner l'interrupteur électrique. La kitchenette était faiblement éclairée par la flamme bleutée du réchaud à gaz qui ressemblait maintenant à celle d'un chalumeau. Troonh semblait abîmé dans quelques profondes méditations.

Il se redressa soudainement.

«*Ouais*», dit-il à voix haute, «*j'y suis*».

Il prit son téléphone et composa le numéro des renseignements. Il évitait au maximum de se servir de son téléphone et lui préférait les cabines publiques car il craignait le montant des factures et pouvait demander des PCV. Il entendit la voie lointaine d'une opératrice.

- Si je vous donne les premiers chiffres d'un numéro, vous pouvez me dire à quelle commune il appartient?

«*Je vous écoute pour le numéro, monsieur*».

- 01.45.47...

«*Patientez, je recherche*».

L'opératrice le plaça sous une musique d'attente. Il connaissait ce refrain et l'exécrait. C'était le thème de Nosferatu, fantôme de la nuit. Dehors, le temps était de plus en plus mauvais, et les rafales de vent redoublaient sur sa fenêtre. De temps en temps, la pluie fouettait les vitres. Troonh commençait à avoir froid car il était torse nu et avait renoncé au chauffage faute d'argent.

L'opératrice reprit la ligne et lui donna l'information: eurêka! Le numéro provenait de sa ville et de son quartier!

- Si je vous dis: rouesolaresigny, ça vous parle?

«...?».

- Cherchez bien: rouesolaresigny.

«Rouesolaresigny? Je cherche dans roue? Ce sont des pneumatiques?».

- Mais non, cherchez dans la lettre R si vous trouvez quelque chose qui pourrait m'aider, dit Troonh d'une voie caverneuse. C'est à propos d'une menace.

«Vous êtes un malade? C'est quoi ce délire? Vous voulez les coordonnées d'un psychiatre?».

- Bon sang, je cherche un nom dans le genre, mais je n'ai que des petits bouts. Vous n'avez rien?

«Mais c'est débile ce que vous me demandez. Je ne suis pas madame Irma. Voyez avec la police».

- Nom de Dieu, vous m'écoutez à la fin. J'ai un nom qui commence par R, c'est sans doute la personne qui m'a menacé et envoyé une lettre anonyme.

«Commencez pas sur ce ton monsieur je vous préviens; j'ai votre numéro qui s'affiche».

- La peste!...

«J'aime pas trop monsieur qu'on me dise comme ça. Et mon mari non plus. Faudrait voir à rester poli».

Troonh raccrocha au nez de l'opératrice. *«Bon sang, ils sont dans le quartier. Je peux crever à toute heure comme au snack».*

Il enfila sa chemise puis sa redingote car il commençait à grelotter vraiment. Soudain lui vint une autre idée: peut-être l'enveloppe lui donnerait-elle plus d'informations? Il la rechercha avec nervosité, sur la table, dans la cuisine, dans la poubelle. Il la retrouva par terre finalement, au seuil de la porte palière où elle avait chu malencontreusement. Il la tourna dans un sens puis dans l'autre, regarda une fois encore à l'intérieur, mais il n'y avait rien de plus. A ce moment, on frappa à sa porte.

Il sentit le sol se dérober. *«Ca y est, me voilà fait»*. On venait lui régler son compte. Que devait-il faire? Il se demanda quelles étaient ses chances de survie s'il sautait par la fenêtre. Mais du troisième étages il risquait du grabuge; au moins quatre membres poly-fracturés et un sérieux traumatisme crânien; si ce n'était pas le trépas. Il se pencha par la fenêtre et imagina son corps écrabouillé sur les pavés de l'impasse Blauque, les chairs détachées du squelette, et projetées partout par la violence de l'impact. Il opta pour le moindre risque et s'approcha de la porte sur la pointe des pieds. Cette action s'avéra délicate car le plancher était drument capricorné et craquait à chacun de ses pas. Quand il passait la serpillière, il ramassait régulièrement des larves et des œufs de mites et des débris de capricorne. *«Un de ces jours, ce sont des œufs de rat que je ramasserai à la serpillière»*. Il se trouva contre la porte palière et n'osa point soulever le cache de l'œilleton. Dès fois qu'il prit un coup de revolver à travers la lourde ou par le Judas... Il se tint immobile, une jambe en l'air comme un flamand rose, essayant d'écouter les bruits de palier. Il entendit distinctement le souffle sifflant de ses bronches. Il se tint en apnée et redoubla d'attention. Il ouit des bruits à l'extérieur; mais de quoi, il ne savait. Que devait-il faire? Crier au secours? Mais quelle idée saugrenue... Il n'était point agressé. Et risquait par ainsi, au pire de se faire repérer, au mieux de passer pour un idiot et un couard. Et si c'était sa bignole, de quoi aurait-il l'air face à un attroupement de voisins? Ouvrir la porte d'un geste déterminé et faire face? Mouai... Mais il lui fallait une arme défensive pour lutter en cas de coup tordu. Il regarda autour de lui avec les yeux d'un hibou pris en pleine nuit dans les phares d'un camion. Mais il ne vit rien à portée de mains. Il lui fallut retourner à pas légers jusqu'à la cuisine s'armer d'un couteau de cuisine. Avec une démarche de contorsionniste, il revint à la kitchenette et fouilla les tiroirs du buffet. La perspective des couteaux lui fit peur, il n'avait rien d'un criminel bon sang. Il chercha un objet pour estourbir seulement un possible agresseur. Il trouva au choix: une grosse louche; une planche à découper; une grande casserole. Il opta pour la planche et revint jusqu'à la porte d'entrée. Il avait ôté ses chaussettes et des larves de capricorne s'étaient glissées bien au chaud entre ses arpions comme sous une couette.

Il se mit à l'affût du moindre bruit. Mais la cage d'escaliers demeurait silencieuse. Il se risqua à regarder dans l'œilleton. Il n'y avait personne sur le palier ; ni dans la cage d'escaliers. Il n'en fut pas davantage rassuré car quelqu'un pouvait se cacher sur un côté de sa porte. Troonh attendit quelques minutes puis se décida à ouvrir, la planche à découper tenue haute, prêt à frapper l'intrus. Il ne vit personne. Mais il put entendre distinctement des pas dans l'escalier.

Il referma la porte, la verrouilla à double tour et se rua vers sa fenêtre. L'obscurité et la pluie interdisaient de voir plus bas dans l'impasse. Il vit bien des ombres diaphanes, presque translucides, déformées par la pluie, dont l'une semblait sortir de son immeuble. Mais il n'en était pas sûr.

«Bon, faut que j'avise».

Il n'en menait pas large.

Il se sentit dans son réduit comme dans une forteresse assiégée. Ne valait-il pas mieux tenter une sortie? Ce pouvait être l'alternative à une attente sans fin ; se mettre en quête de ceux qui le menaçaient, devenir le boucher plutôt que le cochon, au lieu de rester terrer dans son gourbi. Le mieux pour commencer n'était-il pas d'aller flâner dans le quartier Coupe Jarret? Il n'était qu'à deux pas après tout.

Il enfila un gros pull puis sa redingote, et se mit en route. Il descendit l'escalier d'un pas mal assuré. Il marqua une pose sur chaque palier pour écouter. Il craignait qu'un agresseur profitât de l'extinction de l'éclairage par la minuterie pour lui tomber dessus. Quand il parvint au rez de chaussée, il rencontra la fillette croisée l'avant-veille. Elle jouait à la marelle sur le trottoir en dépit du crachin et de la pénombre.

- Il est bien tard pour jouer toute seule dans la rue sous la pluie et dans l'obscurité. Tu devrais rentrer chez toi pour retrouver ta maman.

- J'attends quelqu'un, répondit la gamine en sautant la marelle à cloche-pied.

- Tu es toute seule ma belle? Tu ne peux pas rentrer chez toi? Si tu veux, je peux d'accueillir en attendant le retour de ta bonne maman...

- Mêle-toi de ce qui te regarde vieux babouin pédéraste.

- Tu ne devrais pas parler comme ça aux grandes personnes ma jolie poupée, dit Troonh en cillant. Déjà la dernière fois tu n'as pas été bien polie. Ta maman sait-elle jamais comment tu parles aux grands?

- Ma maman se fout bien de toi. D'ailleurs elle travaille à cette heure.

- Ah? Et que fait-elle ta maman?

- Elle travaille au tribunal.

- Je vois…, se renfrogna Troonh. Et il s'éloigna à reculons.

- Elle est aux mœurs. Elle s'occupe des vieux lubriques dans ton genre.

- Mais que dis-tu là ma poupée?

- Tu aimerais bien me mettre la main dans la culotte pas vraie? Mais tu n'es pas assez riche pour me payer.

- Mais mon trésor il ne faut pas dire des choses pareilles, tu n'y penses pas ! Que penserait ta bonne maman de sa jolie petite fille si elle l'entendait parler comme ça à un vieux monsieur? Sûrement te gronderait-elle; et elle aurait raison.

- Je suis certaine qu'avant-hier tu cherchais à me mettre la main dans la culotte, espèce de vieux satyre. Ma mère me dit toujours de me méfier de toi. Elle te connaît bien, elle connaît ton métier, et tes manigances. Elle te surveille. Tu n'as pas intérêt à desserrer les miches.

- Mais que dis-tu ma beauté, tu déraisonnes? Tu veux une glace?

- Allez ferme-la, je connais la chanson. Tout le monde te connaît dans le quartier Morbonde et Trombine.

- Mais de quoi parles-tu ma princesse? Je ne fréquente pas ces quartiers, je vends des livres saints.

- A bon entendeur.

Et elle s'enfuit à grandes enjambées. Troonh n'eut pas le temps de se remettre que sa guichemarde surgit.

- On vous demande.

- Moi? dit Troonh inquiet.

- Vous voyez quelqu'un d'autres que vous et moi dans cette impasse? Bien sûr, **vous**. Sinon qui d'autres? Suivez-moi.

La concierge entra dans sa loge, talonnée par Troonh.

- C'est pour vous.

- Où ça? Qui ça?

- Le téléphone... Sur le bureau... C'est peut-être vos neveux. Je vous laisse en famille, dit-elle sur un ton lourdement allusif. Ne tardez pas; ma ligne ne doit pas rester longtemps occupée.

Troonh resta un moment devant le téléphone, avant de placer le combiné à son oreille.

Allo?...

«*Vous voilà enfin vous*».

Qui êtes-vous?

«Voilà presque vingt quatre heures que je cherche à vous joindre. A ce train, vos affaires et notre collaboration sont mal parties mon vieux».

Que voulez-vous dire? Je vous connais?

«Ne faites pas le malin, espèce d'animal. C'est pour ma commande : je la double».

- Votre commande?

«Vous comprenez ce que je vous dis, ou vous êtes totalement idiot? Mais ma parole, qui m'a fichu un commercial pareil? Je double ma commande vous n'avez pas compris? Revenez-me voir maintenant qu'on signe un bon».

- J'ai bien compris, dit Troonh d'une voix blanche.

«Je vous attends comme convenu. Ne me mettez pas dans le pétrin. Mes clients en redemandent».

- C'est promis, m'sieur.

Le boutiquier raccrocha et Troonh reposa le combiné. La concierge le regardait derrière un rideau. Il pouvait l'entendre glousser.

- Quelqu'un est venu toquer à ma porte tout à l'heure. Vous ne savez pas qui?

- Peut-être vos neveux. Vous le sauriez si vous aviez ouvert, bougre de phénomène.

Troonh sortit de l'immeuble, et remonta la rue Blauque en direction de l'avenue Coupe Jarret. Les rues étaient désertes à cause de la pluie. Chemin faisant, il ne croisa qu'un unijambiste sur fauteuil roulant qui s'était fait surprendre par la météo. Arrivé à la voie ferrée, il choisit d'emprunter la passerelle plutôt que le passage à niveau. Personne n'avait envie de franchir cette maudite passerelle qui eut flanqué le vertige à un chasseur alpin. Mais le passage à niveau était plus dangereux encore. La passerelle surplombait le chemin de fer; construite, allez savoir pourquoi, trois mètres au dessus de l'éclairage public. De ce fait, elle était, en soirée et de nuit, plongée dans une quasi-obscurité. La voie ferrée située onze mètres en contrebas était parfaitement éclairée par les réverbères. Troonh n'avait pas envie de s'attirer la guigne dès fois qu'il croisât les deux cerbères et qu'ils le précipitassent en bas sur la voie ferrée. De nuit, toute la ville et les autorités n'y verraient que du bleu et concluraient immanquablement à un suicide ou une chute imbécile. Ce n'eut point été la première fois qu'on eut trouvé un piéton écrabouillé sur les rails. A quelques dizaines de mètres sur sa gauche, Troonh entrevit la gare et les quais éclairés. Il y avait à quai un train de marchandises qui semblait attendre l'heure du départ. Parvenu de l'autre côté, l'éclairage public projeta loin devant lui son ombre filiforme comme pour lui indiquer la direction à suivre.

Il parvint avenue Coupe Jarret qu'il arpenta plusieurs fois en changeant de trottoir. Il y avait là bon nombre de restaurants, commerces, une école, une entreprise de travaux publics (celle la même qui avait construit la passerelle), un point presse, deux banques, une agence funéraire (où il avait travaillé quelques jours comme fossoyeur et dont-il démissionna, ayant découvert qu'elle usait d'une douteuse méthode de conservation des morts; un cocktail de saumure et formol et Troonh était allergique à l'odeur de la saumure); un square, un sex-shop, une clinique, un fleuriste, une supérette, une boutique de prêt-à-porter, un salon de coiffure, et des toilettes publiques. Et rien d'autre... Troonh en vint à l'hypothèse que ses sycophantes avaient pignon dans l'avenue Coupe Jarret. Il avait besoin de réfléchir et s'assit dans le jardin public.

Par quel bout commencer? se demanda-t-il. Il procéda par élimination. Il exclut d'emblée tous les restaurants, l'école, l'entreprise de travaux publics, les banques, la clinique, le fleuriste, la supérette, la boutique de prêt-à-porter, le coiffeur. Ne restait plus que le sex-shop, le point presse et son ancien employeur, la maison funéraire Bour&Loeil. Il s'appliqua à cogiter plus longuement sur cette dernière. Il lui parut douteux que le poulet provint de la maison Bour & Loeil. Mais il pouvait s'agir malgré tout d'une vengeance ourdie par d'anciens collègues jaloux. Toutefois, Troonh ne travaillait pas dans la même branche commerciale que Bour&Loeil, et ne pouvait la concurrencer par conséquent. Peut-être une rivalité professionnelle de la part du sex-shop? Douteux encore... Sa clientèle était de l'autre côté de la ville. Il eut un doute toutefois sur la maison Bour&Loeil. Lui et messieurs Bour & Loeil s'étaient séparés en fort mauvais terme; il pouvait s'agir d'une vengeance fulminée par eux, jaloux de ses activités commerciales lucratives. Troonh savait que le marché funéraire ne payait pas, sauf les gros pourliches parfois donnés par les familles. Mais cette explication ne le satisfit pas. Comment ses anciens collègues et patrons eussent-ils pu être informés en deux jours? Et par qui? Ni par son client, ni par son employeur; le milieu était discret. Et puis, il y avait le mot «oignon» dans le billet. «Occupe-toi de tes oignons»; quel rapport donc avec un établissement funéraire? Restaient les librairies, dont l'une était contre lui en conflit d'intérêts. Encore devait-il vérifier que le point presse ne fricotait pas aussi sur le marché du sexe. En cas de réponse négative, il retiendrait deux pistes : le sex-shop, et Bour&Loeil.

Il quitta le square, s'approcha de la librairie, et se décida, après maintes hésitations, à pousser la porte. Quand il fut à l'intérieur, il examina scrupuleusement les rayonnages et les bacs. Il ne vit rien du genre. Il devait écarter cette piste; à l'évidence. Le point presse ne pouvait être auteur de la lettre anonyme. Cela lui parut plus évident encore quand vint à lui le gérant, un petit grand-père tout ratatiné et boiteux. Troonh choisit de s'éclipser prestement.

Cette fois, Troonh était presque sûr d'avoir démasqué les auteurs du poulet. Il lui restait à faire une ultime vérification pour en avoir le cœur net; puis passer à l'action. Il sortit de sa poche la lettre et compara le numéro de rue Bour&Loeil avec celui du poulet. Celui-ci mentionnait un seul chiffre flanqué d'un antislash, ce qui signifiait qu'il s'agissait d'une adresse à double chiffre, dont l'un manquait. Il leva la tête et regarda au dessus du porche. Il s'agissait du 14/16 avenue Coupe Jarret. Or le chiffre visible sur le poulet était un 6 justement, suivi d'un espace après l'antislash.

../.6

«14/16», se dit Troonh, qui ne sut s'il devait se réjouir ou s'alarmer de cette découverte.

Il se rendit par acquis de conscience au 6 de l'avenue. Mais il n'y trouva qu'un immeuble d'habitations seulement. Devait-il entrer ou non chez Bour&Loeil? Mais qu'y pourrait-il apprendre qu'il ne savait déjà, en plus de mettre en alerte ses anciens patrons? Rien sans doute; sinon revoir la tronche funèbre de ces maitres chanteurs. Il eut parié que Bour&Loeil étaient commanditaires des deux barbouzes qui s'étaient présentés chez lui l'avant-veille. Mais il jugea inopportun d'entrer chez Bour&Loeil. D'ailleurs, pourquoi faire? Il risquait au mieux d'être accueilli vertement; et il était vain d'imaginer que Bour&Loeil ou ses personnels avoueraient être auteurs du poulet. Troonh devait à présent avancer dans son enquête avec circonspection. Il en allait de sa carrière commerciale; sans doute même de sa vie. Une idée lui vint : pourquoi ne pas retourner à la pizzéria rue Morbonde? Il y pourrait sans doute prendre conseil auprès de son employeur; et peut-être bénéficier de l'expertise de ses amis limiers? Il en profiterait pour lui donner le bon de commandes du sex-shop de la rue Croupante.

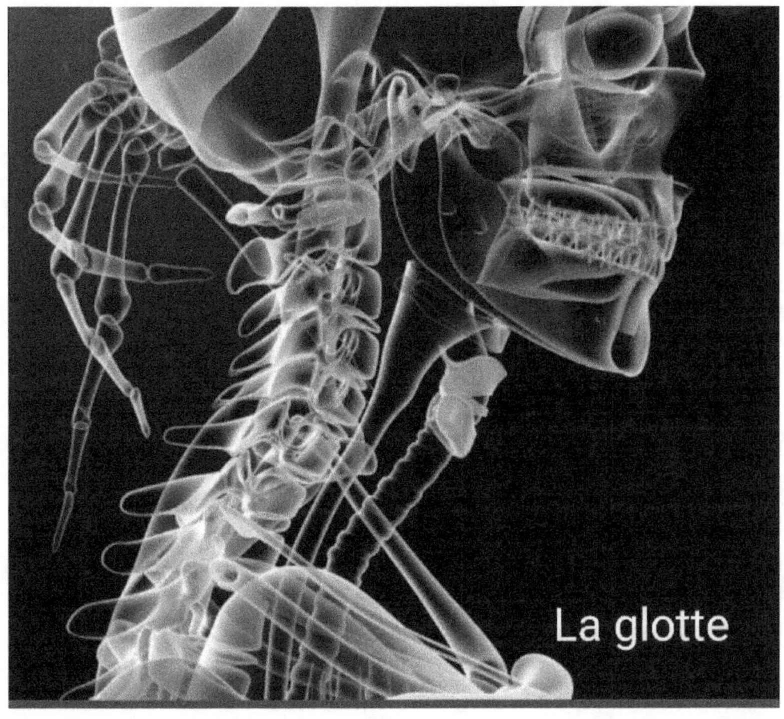

Quand il parvint rue Morbonde, Troonh vit un attroupement énorme devant la pizzéria. Il y avait aussi des voitures de police, gyrophares et feux de croisement allumés, une ambulance, et une camionnette de l'identification criminelle. Troonh se dit qu'il serait mieux avisé de retourner se planquer chez lui. Il devait s'agir d'une bagarre qui avait mal tournée, à l'issue d'une beuverie habituelle. Il avait assez de soucis pour n'en point rajouter. De surcroît quelqu'un allait le reconnaître c'était couru. La police le passerait à la côtelette avec des questions toujours plus gênantes, auxquelles il n'aurait probablement pas envie de répondre. A quoi bon? Il ne serait pas cru; et avec la tête de malfaiteur qu'on lui disait avoir, il se retrouverait en garde à vue en moins de deux. Et puis il trimballait cette sale histoire de recel. La pizzéria était l'avant-veille truffée de condés, et il devait à son employeur de n'avoir pas été inquiété. Mais les condés eux pouvait n'avoir point changé d'avis, et le questionner sur la provenance des bijoux. Pourtant, Troonh ne parvint pas à rebrousser chemin, en proie à son défaut cardinal: la curiosité. Il voulait connaître la cause de ce déploiement policier, et de cet agglutinement de badauds. D'autant qu'il se demanda si cela n'avait pas un rapport avec ses propres affaires. Il se sentit tiraillé entre l'instinct de fuite et l'impérieux désir de savoir.

Il en était là de ses atermoiements, quand il entendit des voix s'exclamer: *«C'est lui! C'est ce gonze! Appréhendez-moi ce branquignole! Emparez-vous de lui!»* Troonh resta interdit sur le trottoir. Il lui fallut un moment avant de réaliser que c'était lui que la police et les badauds désignaient. Il vit s'abattre sur lui un groupe de condés qu'il était évidemment déraisonnable de fuir. Il se dit que toutes tentatives en ce sens ne pourraient qu'aggraver son cas. Car de toute évidence la police était déterminée à l'interpeller.

- Qu'y a-t-il pour votre service? crut-il bon de dire pendant que trois inspecteurs s'emparaient de lui et le menottaient. Il reconnut parmi eux des clients de la pizzéria de l'avant-veille.

- Ferme ta gueule, gros lubrique! aboya un policier sur un ton sans équivoque. Tu m'entends: tu fermes ta gueule! Les questions, c'est nous qui les posons.

«*Gros lubrique?*» pensa-t-il.

Troonh ne comprit pas pourquoi les policiers lui parlaient si rudement. Etre auditionné, d'accord. On lui avait donné toutes sortes de noms d'oiseau dans sa vie. Mais pervers et branquignole, c'était inaugural...

- Je pense que je n'ai pas trop le choix, dit-il en s'efforçant de sauver les apparences et sa dignité. Je comprends que vous ayez besoin de m'interroger mais je puis vous jurer que je ne suis point celui que vous croyez. Je répondrai à toutes vos questions, quelque fut la durée de l'audition.

- Suis-nous et fait pas le malin, dit un policier en civil qui semblait plus aimable que les autres, étant seul à ne point l'avoir abreuvé d'insultes. D'où Troonh éprouva presque de la gratitude à son égard. Le commissaire veut vous interroger, ajouta l'inspecteur. Mais d'abord, je dois vous montrer quelque chose.

Les inspecteurs le guidèrent jusqu'à la pizzéria. Ils eurent quelques peines à s'en approcher car les badauds formaient une masse compacte d'une mêlée de rugbymen. Il y avait là un journaliste qui cherchait vainement à photographier et à questionner Troonh, mais les agents formaient autour de lui un cordon de sécurité viril. La redingote de Troonh ressemblait à une capeline d'hirondelle, et on le prit un moment pour un gardien de la paix. La police dut jouer un peu du bidule pour repousser la masse dense des curieux et permettre aux inspecteurs et à Troonh de se frayer un chemin jusqu'à la pizzéria. Le groupe parvint enfin à rentrer dans le restaurant.

Il y avait dedans une quantité significative de policiers en uniforme ou en civil. Un grand silence se fit quand ils virent Troonh. Les inspecteurs le guidèrent jusqu'à une chaise au fond de la salle et le forcèrent à s'asseoir sans ménagement. Troonh entrevit, à côté de la porte de la cuisine, les pieds d'un homme étendu sur le carrelage; mais n'en put voir davantage car le corps était occulté par un enchevêtrement de mobilier, en plus d'un paravent marqué «do not cross». La police l'avait déployé pour œuvrer à l'abri des regards. Plusieurs policiers s'affairaient autour du corps étendu. L'un d'eux était vêtu d'une combinaison blanche à usage unique semblait-il. «*Tout cela ne laisse rien présager de bon*», se dit Troonh; cela sentait le roussi en effet; à n'en point douter. Il devait y avoir une ou plusieurs victimes dans l'affaire, voir même un macchabée. «*S'il y a un macabanche, je risque de passer un sale quart d'heure à la côtelette*», se dit-il résigné, quand il se souvint que la pizzéria était truffée de policiers dotés de pouvoirs spéciaux disait-on. «*Dans leurs fourches caudines, je ne vais pas peser bien lourd. J'aurais du m'en tenir au poids de mes livres saints*».

Un des policiers vint vers lui et prit place sur une chaise. Il portait un brassard «**police**».

«*Sans doute un inspecteur principal; ou le commissaire*», se dit Troonh.

- Bonjour monsieur Troonh, dit le policier en s'asseyant face à lui. Je pense que vous avez des choses à me dire.

- Je ne comprends pas, répondit Troonh, mais je suis prêt à collaborer avec vous dans toute la mesure de mes moyens. De quoi s'agit-il? demanda-t-il en sentant sa glotte s'affoler dans sa trachée comme dans un shaker.

- Votre glotte, dit le commissaire.

- Ma glotte? répéta Troonh en voulant porter ses mains sur sa gorge comme s'il eut voulu s'auto stranguler. Mais il prit conscience qu'il était menotté.

- Ne faites pas l'imbécile. Et n'essayez pas de contrôler votre glotte s'il vous plaît; elle ne va pas s'envoler. J'ai besoin de la voir pour mener mes investigations. Vous savez parfaitement bien de quoi je parle. Votre glotte monte et descend dans votre trachée comme un ascenseur dans la tour Taipei.

- Il n'y a rien d'anormal à ce que ma glotte monte et descende dans ma gorge, répondit Troonh avec un sourire jaune. La nature est ainsi faite.

- Ce n'est pas vous qui conduisez l'interrogatoire, dit sèchement le commissaire. Une glotte ne bouge pas comme ça; en tous cas, pas de cette manière, ajouta-t-il sur un ton docte et professoral. J'ai vu des milliers de glotte au cours de ma carrière et je peux dire sans hésitation: vous avez des mouvements de glotte d'un suspect.

- A ça par exemple, dit Troonh. Voyez-vous cela, la glotte d'un suspect. C'est trop fort!

- Ne soyez pas agressif, vous aggravez votre cas. Vous avez la glotte d'un homme qui n'a pas sa conscience pour lui. Celle d'un suspect. Et je dirai même, celle d'un suspect numéro un.

- Mais comment ma glotte peut-elle vous dire autant de choses? s'agaça Troonh, car il avait l'impression d'être examiner par un O.R.L.

- Questions de formation professionnelle, de psycho-morphologie, et d'expérience. On apprend beaucoup de choses à la criminelle. Moi qui vous parle, j'étais précédemment en poste à la médecine légale, après dix ans à la répression du banditisme. A la section médecine légale, on examinait la glotte des cadavres. Celles des innocents, des victimes, des assassins et des menteurs, n'ont pas le même comportement. Elles sont toutes différentes. Cela se voit du premier coup d'œil. Chaque glotte fournit des informations sur les individus.

- Par exemple. Je ne savais pas tout ça, dit Troonh qui ne se sentait pas de force à polémiquer et qui ne voulait pas contrarier l'ombrageux commissaire.

- Oui, ça s'apprend en effet; mais nous sommes de vrais chiens policiers, capables de travailler sur le moindre indice. C'est le travail quotidien de la criminelle. Les mouvements de votre glotte, maintenant que vous avez cessé de vous y cramponner et que je puis la voir, déposent contre vous. Le commissaire observa un moment de silence comme pour réfléchir profondément. Car ne trichez pas, continua-t-il, vous avez tenté de me la cacher, parce que vous savez qu'elle vous trahit à chaque instant.

- Mais pas du tout, s'étrangla Troonh, en éprouvant un grand sentiment d'injustice. Il commençait à se sentir dépossédé de lui-même et la proie d'un nécrophage. Jusqu'à quand ce dépeçage allait-il continuer? Dès qu'il sortirait de ce cauchemar il reprendrait son négoce de livres saints, ferait son testament pour exprimer sa volonté d'être inhumé en bon catholique sensé. Car ce qu'il vivait pour l'heure lui semblait invraisemblable, irréel. Il ne voulait pas que sa dépouille terminât sous le bistouri d'un médecin légiste fou, désossé dans l'intérêt de la police scientifique.

- Mais causons plutôt de vous monsieur Troonh, dit le commissaire. Et d'abord, me permettez-vous de vous appeler par votre prénom, Emile? Cela fait aussi parti de notre formation et de nos techniques à la criminelle. Nous pensons que…, disons…, une certaine proximité affective favorise l'empathie avec les suspects et encourage la manifestation de la vérité.

- J'en serais ravie, répondit Troonh sans beaucoup de conviction, mais avec l'espoir secret d'être lavé de tous soupçons. Je puis aussi si vous le voulez, vous appeler par votre prénom; cela vous permettra de comprendre combien je suis amical et paisible, et qu'un homme comme moi n'a jamais commis de faits délictueux ou criminels.

- M'appelez par mon prénom, Emile? Mais vous n'y pensez pas sérieusement? dit le commissaire avec un sourire narquois. Tenteriez-vous de m'apitoyer? Ou essaieriez-vous de mettre à mal mes techniques d'investigation et l'enquête que je dirige? Alors vous n'arrangeriez pas votre cas; tentative de pressions sur un officier de police judiciaire. N'essayez plus de saboter mon enquête, Emile.

- Ok, ok, on va dire comme ça que vous m'appelez par mon prénom, et je vous dis commissaire. Cela vous convient-il commissaire?

- Ce n'est pas à vous de poser les questions, mais d'y répondre Emile. Et cessez vos tentatives d'orienter mon travail.

- Je voudrais bien commissaire. Mais votre histoire de glotte m'a déstabilisé, dit malencontreusement Troonh qui réalisa soudain la portée de sa bourde.

- Ah! Vous voyez bien, dit le commissaire d'un ton satisfait et suffisant. Vous voyez que ça marche. Vous venez de vous confondre tout seul. On nous l'explique bien à l'école de police. Même moi j'avais du mal à le croire au début. Mais au fil de l'expérience je me suis rendu compte de la pertinence de cette découverte. La glotte possède son propre vocabulaire; il suffit de le comprendre.

- Vous parlez d'une découverte, soupira Troonh entre inquiétude et résignation. Sur ma glotte... Si j'avais su qu'elle me mènerait là où j'en suis. Et dites-moi commissaire, comment opérez-vous sur les femmes?

- Cessez vos provocations, les femmes ont une autre manière de se trahir. Et n'anticipez pas les suites et les conclusions de mon enquête, Emile. Car nous sommes bien d'accord, c'est moi qui décide des questions. Je les pose et vous répondez, sans mentir. Votre glotte est votre témoin de moralité et mon sérum de vérité à moi.

- Je ferai comme vous dites, commissaire, dit Troonh qui sentait son moral s'émietter.

- Bien Emile, bien... A la bonne heure. Je vous remercie de votre collaboration. Vous êtes moins bête que vous en avez l'air, bien que vous ayez la tête d'un suspect. Ne vous inquiétez pas; à ce stade, vous pouvez aussi bien être innocent ou coupable. J'enquête à charges et à décharges.

- C'est très pertinent. Mais coupable de quoi? Il y a eu un délit? Un crime?

- Je pose les questions Emile, et vous répondez. Que faites-vous dans la vie?

- Je suis représentant de commerce.

- Quel beau métier, Emile. J'imagine déjà: vous devez rencontrer une foule de gens intéressants. C'est un peu comme nous dans la police; mais nous, ce sont beaucoup de délinquants et de criminels, des satyres pires que vous. Savez-vous pourquoi je dois vous interroger Emile?

- Je suppose qu'il y a un problème. Pourquoi y a-t-il une personne étendue au sol au fond de la salle?

- J'allais y venir, Emile, j'allais y venir... En fait, ce gars est un peu mort. Pour être tout à fait précis, il est même complètement mort.

- Mort? Vous voulez dire mort, pour de vrai?

- On peut difficilement mieux dire. Voulez-vous le voir Emile? demanda le commissaire en prenant Troonh par l'épaule et en le conduisant jusqu'au cadavre.

Troonh n'eut ni le temps ni l'envie de répondre que déjà le commissaire le conduisit aux pieds du cadavre. Il y avait là une dizaine de policiers affairés autour du corps. Chacun d'eux semblait chargé d'une mission particulière. L'un notait sur un cahier ce que disaient les autres; deux recueillaient des indices dans des sacs plastiques; deux étaient penchés sur le mort pour l'examiner; les autres surveillaient le déroulement des opérations et semblaient rendre des comptes, par signes, au chef d'équipe en combinaison blanche. Ce qui frappa Troonh fut le calme et le silence de ces policiers. Quant au cadavre, il ne pouvait le voir car il était couvert de la tête aux pieds d'un suaire blanc. Tout ce que Troonh pouvait deviner était la corpulence du mort, aux creux et bosses formés par les plis du drap.

- Vous pouvez le laisser passer, dit le commissaire à un policier de faction, c'est le suspect.

- Mes respects commissaire, dit le policier en faction.

Parmi les policiers, se tenait un gradé un uniforme, chamarré et décoré comme pour se rendre à un bal impérial.

- Emile, voici le commandant de région de la police criminelle, dit le commissaire. Voilà le suspect, mon commandant. Approchez Emile, venez sans crainte. Que dit la glotte du mort, docteur? demanda le commissaire au policier en combinaison blanche, qui se penchait sur le cadavre.

Le légiste se redressa. Il avait plus l'allure d'un boucher-charcutier que d'un médecin légiste. Il avait sur le visage un masque de chirurgien, un calot blanc sur la tête, et les mains munies de gants de cuisine en caoutchouc. Troonh se demanda quand cette histoire invraisemblable de glotte allait se terminer.

- D'après mes premières investigations, le doute n'est plus permis. L'homme est mort, soupira le médecin légiste. Et on n'est pas prêt de le réveiller...

- Bon sang, gémit le commandant de région, tout le monde le voit bien que ce gars là est mort, et depuis un bon moment par exemple ! Il est froid depuis douze heures au moins ; le plus parfait crétin pourrait le voir... Vous avez vu ses veines, doc? Elles sont rigides comme des câbles électriques. Ce n'est pas ce que je vous demande. Ce que je vous demande, c'est ce que vous pouvez déduire de l'examen du corps. Quant à vous commissaire, je vous ai déjà dit moult fois que l'étude de la glotte n'était pas la panacée universelle. Il faut la corroborer avec des examens approfondis. Tout ce qu'on vous raconte à l'école de police n'est pas à recueillir comme sourates de l'Al Koran. Et docteur, je vous redis une énième fois qu'il n'est pas tolérable que vous procédiez à l'examen des cadavres avec des gants Mapa. La prochaine fois, je veux vous voir porter des gants jetables réglementaires; ou je vous colle un rapport disciplinaire.

- Vous savez bien que les crédits de la scientifique..., commença le médecin.

- Débrouillez-vous comme vous voulez, pas de ça sur mes enquêtes; à l'avenir vous porterez les gants réglementaires. Vous allez l'air de descendre les poubelles, dit-il sèchement.

- C'est vrai qu'il ressemble à ma guichemarde, crut bon de commenter Troonh, espérant par ainsi détendre l'atmosphère avec un bon mot. Vous me rassurez, ajouta-t-il dans un élan d'enthousiasme et de sympathie pour le commandant, qui lui semblait le seul raisonnable. Il n'y a pas, dans la parole sainte, de mots qui pourraient accréditer cette idée de glotte, même concernant Adam dans la Genèse; c'est dire. Vous pouvez croire un ex-marchand de livres saints.

- Qui est cet olibrius? demanda le commandant de région.

- C'est le suspect numéro un mon commandant, répondit le commissaire. J'ai commencé de l'interroger et...

- Bon sang commissaire, ne me dites pas... Vous n'avez pas recommencé à jouer les O.R.L?

- J'allais le dire..., hasarda Troonh.

- Mais... à l'école de police...

- Taisez-vous! Je vous interdis de faire allusion à l'école de police, je la connais mieux que vous, l'école de police, rétorqua sèchement le commandant. Je suis fatigué de vous diriger, vous et vos équipes de charlatans...

- Mais enfin commandant, c'est mon enquête...

- A partir de cet instant, c'est la mienne! Quand vous résignerez-vous à laisser de côté cette histoire de glotte? Faut-il vous dire votre fait plus crûment pour vous faire entendre raison? Allez, ouste, disparaissez de ma vue, je m'occupe de ce suspect. Et vous, docteur, serait-ce un effet de votre bonté et de vos compétences de me dire ce que vous avez découvert sur les circonstances du trépas? Ou devrais-je également vous faire un second rapport disciplinaire? Je vous écoute: quand, où, et comment est mort la victime? Ne me racontez pas un salmigondis. Quant au pourquoi et par qui la victime a trépassé, c'est mon affaire. Vous avez la tête de l'emploi, vous, ajouta-t-il d'un air soupçonneux à l'adresse de Troonh.

- Sauf erreur de ma part, cet homme serait mort hier entre trois heures du matin et dix huit heures le soir.

- Vous voulez dire entre trois heures et six heures du matin, bougre de morticole? dit le commandant.

- Non. Pas du tout. Je confirme qu'il est mort hier entre trois heures du matin et dix huit heures le soir. D'un coup porté sur la tête.

- D'un coup sur la tête? Voyez-vous cela? Vous prenez ça pour une révélation Bernadette Soubirous? Vous croyez que le juge d'instruction vous a tiré de votre immonde salle d'autopsies pour vous entendre dire qu'un gars qui la cervelle répandue sur le carrelage est mort de coups sur la tête? Mais que me chantez-vous là espèce de Josef Mengele? Et de plus, comment pouvez-vous me donner un créneau horaire aussi large? Vous avez une montre qui tourne à l'envers? Vous êtes ridicule... A quelle heure est mort ce pauvre type?

- Commandant, je connais ma spécialité, occupez-vous de la votre. Il n'est pas très constructif de se gausser du métier des autres. Si vous voulez, notez..., disons..., entre trois heures du matin et quinze heures l'après-midi.

Le commandant ferma les yeux et son visage devint cramoisi sous l'effet d'une colère contenue.

- Docteur..., vous vous croyez marchander aux puces de la Vistule? Vous me proposez deux créneaux horaires. Dans la plus absurde de vos hypothèses, plus de quinze heures d'amplitude. Comment voulez-vous que je fasse mon travail?

Le commandant était écarlate.

- C'est exact, dit le médecin légiste, avec un aplomb déconcertant.

- Je n'arrive pas à y croire..., gémit le commandant. L'administration débourse presque vingt mille francs par mois pour rémunérer une tête d'ampoule de légiste qui me fournit de telles approximations. Et sans compter les frais afférents à vos investigations: repas, déplacements, prime de risques, voiture de fonction. Prime de risques... Mais quels risques courez-vous plus que moi, bougre de navet? Comment osez-vous me débiter ces sornettes?

- Oh..., pour les frais commandant..., des gants de caoutchouc premier prix et quelques sacs plastiques que je paye de mes propres deniers, on ne peut pas parler d'engagements financiers dispendieux...

- Je vous ordonne de recommencer votre travail à zéro et de me rendre des conclusions précises. Je vous suspecte de garder pour vous vos allocations d'équipement!

- Je regrette commandant, ne me demandez pas d'aller à l'encontre de ma déontologie et de ma conscience professionnelle. Et cessez vos insinuations, je compte chaque centime de franc pour ne point dépasser les crédits indigents que m'alloue l'État...

- Il n'y a aucun doute, vous êtes un aliéné... D'ailleurs, je suis entouré de dingues et d'incompétents. Le légiste qu'on m'a adjoint dans *mon* enquête est siphonné. Bon c'est OK, se rendit le commandant avec un ton las. Il se tourna vers Troonh. Vous, pourriez-vous me rendre un petit service? Après tout, vous me devez bien ça; c'est peut-être à cause de vous cette mascarade ubuesque.

- Je ne demande qu'à aider la police et la justice de mon pays. Si ça peut permettre de prouver mon innocence.

- Aider la police et la justice de votre pays, je n'en demande pas tant. Elles se passent bien de vous pour faire n'importe quoi...

Le commandant saisit le drap et découvrit le corps jusqu'au buste. Troonh fit un pas en arrière. Horreur! C'était son patron! Le commandant le retint avant qu'il ne tombât à la renverse.

- Vous connaissez cet homme? Ne dites pas non, c'est évident, observa le commandant. Quand on l'a trouvé quelqu'un l'avait déjà délesté de son portefeuille.

- C'est... mon employeur.

- Vous travailliez pour ce gars là? dit le commandant. Hé hé.

- C'est exact.

- Je pense que le magistrat instructeur voudra avoir avec vous une petite conversation.

- Donc, le juge récapitule: vous êtes entré dans la pizzéria de la rue Morbonde pour y boire une bière. Il passe sur le fait que vous avez tenté de cacher au juge que vous y êtes entré en réalité pour vendre des bijoux; bijoux au sujet desquels vous avez déclaré au juge qu'ils sont de famille..., bijoux de famille, greffier, c'est amusant, hé, hé. Ne notez pas ça surtout bougre d'andouille, le juge risque le vice de forme! Bref..., et que lesdits bijoux vous ont été légués par votre aïeule sur son lit de mort; mais que le juge estime quant à lui, à ce stade de l'enquête, de provenance douteuse... Bref,

bref, tel n'est pas l'objet de votre audition... Un grand nombre de policiers présents dans la pizzéria ont l'intime conviction qu'il s'agit de recel. Mais..., compte tenu de ce qui vous a conduit dans le bureau du magistrat, le juge s'en tiendra, pour ces bijoux, à votre version des faits, pour ne pas alourdir les suspicions qui pèsent déjà sur vous. Vous êtes suspecté de meurtre, ou d'assassinat, en avez-vous conscience? Dans la pizzéria, vous avez fait connaissance de la victime, qui vous a proposé sans même vous connaître, allez savoir pourquoi... de... démarcher pour son compte des produits... enfin..., ceux que vous savez, je ne m'étendrai pas davantage; et cela, en raison de votre expérience professionnelle acquise dans le démarchage à domicile de livres pieux. Quelle transition, monsieur Troonh, quelle transition! Vous faites dans la haute voltige? De là, vous êtes retourné à votre domicile impasse Blauque, où vous avez dormi toute la journée. Jusqu'ici, pas de problème, si l'on s'en tient au rapport brouillon de ce viandard de légiste, la victime est morte plus tard; le plus dur reste à venir... Vers dix huit heures, vous vous êtes rendu au bureau de Poste de la rue Brisemiche pour étudier les annuaires. Vous dites avoir croisé une fillette dans l'escalier de votre immeuble, et un petit vieux à la Poste qui pourraient tous deux le cas échéant corroborer vos déclarations et témoigner à décharge. De là vous êtes allé rue Croupante chez un..., libraire..., hum, hum..., disons comme ça..., qui vous a passé une commande très lucrative, que vous êtes allé fêter dans une brasserie de l'avenue Mortepente. Vous vous êtes ensuite rendu dans un salon de thé, puis à votre domicile, où vous avez eu un échange avec votre concierge à propos de vos loyers, puis vous êtes allé dormir. Ensuite, vous êtes allé déjeuner dans un café, vingt cinq avenue Blauque. Mais dites-moi, greffier..., ce n'est pas de ce mastroquet que nous proviennent de nombreuses plaintes pour grivèlerie? Et pas seulement de celui-là, d'ailleurs... Figurez-vous, monsieur Troonh, que nous avons sur les bras la recherche d'un maniaque qui part sans payer ses petits déjeuners en chourant l'argent de la clientèle... Cela fait maintenant trois ans qu'il écume les bars de la ville. La police n'arrive pas à le pincer. Il répond un peu à votre signalement d'ailleurs..., dit la juge d'un air pensif. Mais bref..., où en étais-je greffier? Ah oui; de là, vous êtes à nouveau retourné chez vous, impasse Blauque. Vous avez croisé un gamin qui vous a remis un message contre une forte somme d'argent. Deux cents francs fichtre, tout de même, ce n'est pas piqué des hannetons..., pour un gosse... Vous déclarez ne pas savoir qui est ce garçonnet. Le mot contenait une menace anonyme: OCCUPE TOI DE TES OIGNONS, OU IL T'ARRIVERA MALHEUR; poulet que vous entendez produire au juge pour votre défense. Vous ne travaillez pas dans les primeurs pourtant, monsieur Troonh hé hé? dit la magistrate, en faisant un sourire entendu au greffier. Hum..., hum..., passons... Il eut été souhaitable que vous eussiez pu montrer ce billet aux policiers chargés de l'enquête. Vous vous seriez par ainsi évité le désagrément de votre présence dans ce bureau. Sans doute une prochaine fois quand vous serez reconvoqué. Au verso du message vous déclarez avoir découvert une adresse et un numéro de téléphone, recouverts par une épaisse couche de tip-ex. Sis avenue Coupe Jarret, où vous vous êtes rendu dans l'heure, espérant démasquer le, ou les auteurs, du message anonyme. Là, vous avez vu des restaurants, une école, plusieurs commerces, une entreprise de travaux publics à qui nous devons cette satanée passerelle de voie ferrée - à qui le juge doit un nombre conséquent de suicides et de chutes accidentelles - l'entreprise funéraire Bour & Loeil, où vous déclarez avoir travaillé quelques jours comme fossoyeur ; mais vous avez du démissionner d'icelle à cause d'une étrange méthode de conservation des cadavres à la saumure. Et vous êtes allergique à la saumure monsieur Troonh, n'est-il pas? Il y avait également une boutique de... produits érotiques..., c'est ainsi que dois dire le juge? Vous avez comparé les numéros de rue apparaissant sur le message avec ceux de l'avenue Coupe Jarret. Il vous est apparu que le gérant d'une de ces boutiques pouvait vous en vouloir, à cause de la concurrence féroce que vous lui fîtes. Votre raisonnement est un peu absurde monsieur Troonh, car vous n'êtes point vous-même propriétaire d'une telle échoppe, et vos clients se trouvent à l'autre bout de la ville. Alors... Vos doutes se sont portés sur la maison Bour&Loeil, que vous suspectez de jalousie, du fait de vos premiers succès commerciaux. Mais..., à propos monsieur Troonh, j'ai omis de vous demander votre adresse. Greffier, vous notez?

- Oui, madame la juge d'instruction.

- Je vous l'ai dit, madame la juge, et vous me l'avez répété plusieurs fois. J'habite douze impasse Blauque, répondit Troonh; elle donne dans l'avenue du même nom.

- Ah..., en effet, où ai-je la tête... Vous avez noté, greffier? Évidemment..., jusqu'ici, tout vous disculpe du crime de la rue Morbonde, dans la mesure où vous avez à la fois des alibis et des témoins pour les quinze heures d'amplitude, à l'intérieur desquelles votre employeur... Tiens, c'est intéressant! s'exclama la magistrate le visage empli d'étonnement. J'habite quatorze avenue Blauque, et ma petite fille va souvent jouer à la marelle passage Blauque! Mais nous sommes voisins môôôôssieur Troonh! Quelle coïncidence! Figurez-vous, greffier, qu'il se trouve passage Blauque un satyre qui a tenté par deux fois de glisser la main dans la culotte de ma petite fille. Vous imaginez ça greffier? Si je coince ce vieux sagouin, il passera un mauvais quart d'heure. Ca ne vous dit rien, monsieur Troonh, cette histoire de satyre? Bon…, bon…, mais revenons plutôt à vous, monsieur Troonh, dit la juge en joignant ses paumes de main comme pour prier, et en les rapprochant de son menton, comme si monsieur Troonh fut une statue de Bouddha. Puis elle garda le silence un temps interminable, avant de ramasser soudainement son sac à main pour fouiller dedans fébrilement.

Après quelques minutes, le silence était si pesant que Troonh et le greffier regardaient le plafond. Le mutisme et le comportement de la magistrate alourdirent l'atmosphère et le greffier se mit à siffloter. On entendait seulement le bruit que faisait la juge en remuant le contenu de son sac. Elle marquait de temps en temps une pause pour réfléchir.

- Fichtre…, le juge l'a encore oublié lors de la dernière reconstitution…, dit-elle, d'un air marri. Greffier, savez-vous où le juge a mis le dernier procès-verbal de première comparution? Le juge l'avais roulé dans son sac, mais, sacristi, il n'arrive pas à remettre la main dessus. Mais non! Maintenant elle y pense, elle vous l'a donné hier ou avant-hier pour que vous le numérotiez et le cotiez au dossier.

Le greffier se leva et ouvrit une vieille armoire métallique. Le rideau coulissant émit un bruit strident de ferraille. Une quantité considérable de dossiers, de taille et de couleur différentes, s'entassaient à l'intérieur. Il y en avait des rouges pour les affaires sensibles; des verts et blancs pour les affaires classées; des oranges et des kakis pour les affaires en court; à levier, à courroie, en carton, en papier, ventrus, tenus, déchirés, fendus, le tout surmonté d'un tas de paperasse jaunie, posé-là en vrac à la va-comme-je-te-pousse. Le greffier soupira profondément, de découragement et de lassitude. *«Il faudrait songer à demander une fois encore une armoire neuve, madame la juge...»*, dit-il. *«Je crains pour le jour ou un collègue trépassera en recevant cette armoire sur le chef; à moins qu'il ne fasse une attaque devant un tel désordre. Voyons..., voyons..., où peut bien être ce satané procès verbal?»*, ajouta-t-il à haute voix. Il plaça ses poings sur ses hanches et regarda l'armoire comme David défiait jadis Goliath. L'armoire semblait plus redoutable qu'un monstre intergalactique. Les portes ouvertes, nettement de guingois, elle donnait l'impression qu'une lutte mortelle allait s'engager entre elle et le greffier.

- Quel désordre..., gémit-il. On se demande comment on peut rendre une justice sereine dans des conditions pareilles..., ajouta-t-il en refermant les portes avec agacement. Vous faisiez allusion à l'affaire de la rue Bourgnôle, madame la juge?

- Vous savez bien de quoi parle le juge, monsieur le greffier, pfut, pfut. Ne faites pas mine de l'ignorer. Lorsque vous ne savez point retrouver vos affaires, vous posez au juge des questions saugrenues. C'est très agaçant à la fin. La juge est-elle chargée de tenir vos dossiers? Donnez-vous plus de mal pour retrouver ce maudit PV. Car enfin, que faites-vous de votre temps, à part vous plaindre de votre traitement, de vos congés, et du service public de la justice? Rien; vous ne faites rien; vous perdez les PV du juge et faites couiner les portes de cette maudite armoire. Voilà à quoi se résume vos activités depuis trente ans que le juge vous supporte: perdre les PV – probablement ceux qui visent vos amis coquins –, faire grincer cette armoire démoniaque, et chouiner sur votre sort. Croyez-vous que le juge va tolérer plus longtemps que vous sabordiez ses investigations et que vous rudoyez ses nerfs avec le grincement de ces portes métalliques? Permettez-moi de vous dire que vous avez sur la conscience, vous et votre satanée armoire, une innombrable quantité d'erreurs judiciaires, malfaiteurs en liberté, et innocents incarcérés. Croyez-vous que le juge peut rendre une justice sereine et impartiale avec vous comme greffier, espèce d'archiviste poussiéreux? Pfut, pfut.

- Je viens de vous dire, madame la juge, que je ne peux rien faire pour cette armoire. Voilà une paire d'années que j'en ai commandé une au service de l'intendance. Et il n'est pas question que je tienne la burette à huile. Je ne suis pas agent d'entretien, mais greffier hors classe.

- Mais monsieur le greffier, le juge ne vous demande rien d'autre que de lui procurer une burette pour qu'il graisse lui-même les charnières de cette foutue armoire. Trouvez-lui une burette dans ce palais car cela devient impossible... En faisant cela, vous rendrez un service notable à ses oreilles, aux justiciables et à votre avancement. Savez-vous, monsieur le greffier, que le juge a fait une estimation précise du nombre de bavures judiciaires commises par lui à cause de votre égoïsme, votre carriérisme, et votre indifférence de petit scribouillard? Plus de cinquante pour cent, monsieur le greffier. Oui monsieur le greffier, des dizaines de personnes parfaitement innocentes ont dormi, dorment, et continueront de dormir en maison d'arrêt et en centrale, à cause de votre incapacité à trouver au juge la burette que réclament ses oreilles et son cerveau fatigués... A la fin de la journée, et en fin de semaine, le juge perd ses nerfs, il ne fait que de l'abattage pour satisfaire aux statistiques de la chancellerie. Et il incarcère, il incarcère, et délivre des non-lieux à l'emporte-pièce. Et après, évidemment, le juge a des remords mais il est trop tard pour revenir en arrière, car que deviendrait sa crédibilité s'il devait se désavouer tout le temps? Tout cela, c'est de votre faute môôôôssieur le greffier. Et n'essayez pas, le juge vous en conjure, de faire jouer vos droits syndicaux pour votre défense.

- Vous êtes injuste, madame la juge, dit le greffier.

- Et moi? dit Troonh. Je deviens quoi moi?

- Vous, taisez-vous, vous prendrez la parole quand le juge vous la donnera. Quant à vous, monsieur le greffier, le juge ne vous permet pas de mettre en doute ses compétences professionnelles de magistrat instructeur. Tout est de votre faute. M'entendez-vous? Tout. Le juge entend, consulte, délibère, décide, tranche, condamne, exécute, relaxe, dans la plénitude de ses fonctions, de ses compétences et de sa conscience. Or sa conscience commence à l'abandonner à cause de vous... Bien, bon, bref, mais revenons à vous monsieur Troonh, car le juge vous sent fébrile et impatient de connaître le sort que la justice vous réserve; ce qui est bien naturel vu votre situation. Le juge ne vous retiendra pas bien longtemps. En fait, nous avons une sale affaire rue Bourgnôle, en plus de celle de la rue Morbonde. Figurez-vous qu'une petite grand-mère s'est présentée au commissariat de quartier, à une encablure de la pizzéria, pour se plaindre d'avoir été, selon elle, assommée à son domicile par un colporteur en livres saints. Le ruffian a tenté de refiler sa marchandise à la vieille; deux Bibles pour deux mille trois cent soixante seize francs. Fichtre; bigre. On ne s'embête pas dans la religion. Ensuite, il l'a assommé d'un coup de poing sur la tête et a fichu son camp en dérobant ses bijoux de famille et l'extincteur de la cage d'escaliers, qu'il a vendu vingt francs à un brocanteur de la rue Blême. Ce malfaisant doit être un peu détraqué... Le juge a même l'intime conviction que c'est lui qui a tenté de tripoter ma choupinette. Mais que vous arrive-t-il, monsieur Troonh? Vous êtes tout blême à votre tour. Vous voulez un susucre?

- Ca va aller madame la juge; je suis navré pour cette femme.

- Mais non monsieur Troonh, qu'allez-vous imaginer? Vous vous méprenez, le juge n'a pas imaginé une seconde que vous puissiez être mêlé à cette crapulerie! Le juge vous sentait angoissé depuis quelques minutes; il se doutait bien que c'était à cause de ces charnières d'armoire. Ne vous bilez pas, le juge vous tient hors de cause, puisqu'il est établi désormais que les agressions de la rue Morbonde et de la rue Bourgnôle sont liées. Le, ou les auteurs, de ses infractions sont les mêmes; ensemble, le flair de la police criminelle et celui du juge sont infaillibles monsieur Troonh, conclut la magistrate avec un sourire malicieux et complice. Vous cherchez une burette au juge, greffier?

- J'essaye de joindre l'agent d'entretien, mais ça ne répond pas. A cette heure, il doit être à la buvette.

- Téléphonez donc à la pizzéria de la rue Morbonde. Cet imbécile y est toujours fourré pour faire sauter ses contraventions. Pardonnez au juge, monsieur Troonh, il revient vers vous. Il ne sera pas dit qu'il commettra aujourd'hui une erreur judiciaire. Vous serez libre dans une minute, après que cet invalide de greffier expédie les formalités administratives. En fait, nous avons découvert que votre… employeur était aussi propriétaire d'une maison d'édition, et d'une société de production cinématographique. Lesquelles éditent quoi, je vous laisse deviner… Monsieur Troonh, vous alliez mettre les pieds dans un sacré bourbier. La mort de votre employeur vous a sauvé du pire.

Troonh regardait la juge, hébété.

- Vous ne voyez pas? C'est évident, dit la juge. Propriétaire d'une maison d'édition, qui édite quoi, je vous le demande? Des livres religieux, précisément. C'est une couverture, évidemment, pour dissimuler des activités autrement plus illicites. Vous devinez la suite.

- Pas très bien, madame la juge. Je ne suis pas coutumier des prétoires.

- C'est pourtant lumineux: la victime de la rue Bourgnôle est la meurtrière de la rue Morbonde; et le délinquant de la rue Bourgnôle, c'est le mort de la rue Morbonde. Histoire de vengeance. Cqfd.

- Mais je ne suis pas sur de bien comprendre madame la juge. Vous avez dit que les agresseurs des rue Bourgnôle et Morbonde étaient une seule et même personne. Sans doute ai-je mal compris.

- C'est exact, madame la juge, dit le greffier, je confirme que c'est ce que vous avez dit. Je l'ai noté.

- Comment ça? Qu'est ce que vous me chantez là tous les deux? Pfutt, pfutt, vous n'avez rien compris…

Le greffier était penché sur l'écran de son ordinateur, les lunettes en équilibre sur le bas du nez, et relisait le procès verbal.

- Voyons, voyons... Ah, voilà, j'y suis: «*déclare qu'il n'est pas douteux que l'infraction de la rue Bourgnôle et celle de la rue Morbonde sont liées. Que l'auteur de chacune d'elles est le même. Qu'ensemble le flair de la police et celui du juge ne peuvent se tromper...*». Vous avez bien dit, madame la juge, que ces deux infractions provenaient d'une même personne.

- Vous avez noté ça monsieur le greffon? demanda la juge agacée. Le juge vous a déjà dit que vous deviez seulement noter les déclarations de la personne auditionnée. Ce ne sont pas les répliques d'une pièce de théâtre qu'on vous demande de consigner; mais un procès verbal de première comparution. Diable, on ne joue pas Feydeau au théâtre de la ville. Recommencez votre travail, c'est du grand n'importe quoi. Pfutt, pfutt... Ah le juge a dit ça? C'est bizarre... Soit il est fatigué, soit vous continuez à le pousser à l'erreur judiciaire. Sans doute l'armoire, monsieur le greffier... Vous seriez bien inspiré de la faire lubrifier au plus vite, avant de rendre folle le magistrat instructeur. Enfin, on ne va pas finasser, puisque le juge sait que vous êtes hors de cause, monsieur Troonh.

- Vous pensez que la grand-mère a brisé le crâne de mon employeur?

- Exactement monsieur Troonh; elle a voulu lui rendre la monnaie de sa pièce; et pour ce faire, elle lui a cassé le carafon. Il l'a agressé chez elle, pour se venger parce qu'elle refusait de lui acheter ces maudites Bibles. La police criminelle recherche activement cette antisociale, et son portrait robot circule déjà dans tous les commissariats. La criminelle s'est présentée deux fois à son domicile pour l'interpeller, mais personne. Mais rassurez-vous, la scélérate ne nous narguera pas longtemps. Le juge a demandé à toutes les polices que fussent dressés des barrages dans toute la ville, et renforcer les contrôles d'identité des femmes octogénaires. Dans peu de temps, la juge la fera dormir à l'ombre. Ha ha! Sacristi! Vous êtes libre monsieur Troonh, la justice ne vous retient plus, dit-elle en se levant et en l'invitant à faire pareil. Le juge vous raccompagne lui-même en vous demandant d'excuser le service public de la justice de vous avoir suspecté à tort, et pour vous avoir fait perdre votre temps. Pour une fois, les pingouins de la chambre d'accusation ne pourront pas invalider mes ordonnances, et dirent que le juge d'instructions s'apprêtait à commettre une énième erreur judiciaire... Pourtant monsieur Troonh, cela dit sans vouloir vous offenser, vous avez la tête de l'emploi. En d'autres circonstances, le juge n'aurait sans doute pas balancé à vous envoyer en préventive. Ou il vous aurait mis sous contrôle judiciaire. Il n'aurait pas eu de difficultés pour savoir si vous le respectiez. Nous sommes voisins.

Elle lui ouvrit la porte de son cabinet, et lui tendit la main.

- Adieu monsieur Troonh, le juge ne vous dit pas à bientôt.

Elle referma la porte derrière Troonh et revint s'asseoir à son bureau.

- L'enquête avance, monsieur le greffier, dit-elle en se frottant les mains, tel un marchand de tissus juif; l'enquête progresse à grands pas!

Le greffier chaussa ses lunettes et toussota.

- Me permettrais-je, madame la juge, de faire une remarque à voix haute?

- Qui y-a-t-il, monsieur le greffier? Vous voulez entretenir le magistrat de la burette pour laquelle vous n'avez pas été très actif, décidément?

- Pas précisément, madame la juge. Je me faisais la remarque...

- Et bien accouchez monsieur le greffier, accouchez. Vous allez encore fatiguer le magistrat avec vos observations absurdes. Vous n'avez aucun bon sens. Il ne peut décidément pas s'appuyer sur vos conseils. Vous êtes tout juste bon à faire de la saisie; et encore, quand vous ne retranscrivez pas vos propres fantaisies. Mais bon..., si cela peut vous soulager d'exprimer votre frustration d'avoir échoué quatre fois au concours interne de la magistrature... Exprimez-vous. Et l'instructeur vous conseille de lui tenir des propos sensés si vous ne voulez pas compromettre votre avancement de grade. Il vous écoute...

- Madame la juge, vous avez bien dit que l'assaillant de la rue Bourgnôle avait estourbi la victime, puis dérobé ses bijoux?

- Le juge l'a dit, monsieur le greffier, le juge l'a dit..., soupira la magistrate. Et cela était attesté par le PV que vous avez égaré par l'effet de votre inconsistance...

- Et j'ai bien noté que le sieur Emile Troonh avait écoulé dans la pizzéria de la rue Morbonde des bijoux dont-il aurait, soit disant, hérité de son aïeule?

- On ne peut décidément rien vous cacher, monsieur le greffier, soupira encore la magistrate. Où voulez-vous en venir?

- Et..., ne croyez-vous pas que nous pourrions..., enfin je veux dire, le juge pourrait, enfin, je veux dire, qu'il serait envisageable...

- Vous refaites l'enquête et celle de la criminelle? monsieur le greffier.

- D'établir un lien entre ces deux faits... Le vol de la rue Bourgnôle, et la vente de la rue Morbonde... Car enfin, monsieur Troonh... Ses bijoux de famille...

- Mais il est établi ce lien, puisque le juge vous a dit que les deux agressions ont été perpétrées par la même personne !

- Vol de bijoux d'un côté, et vente de bijoux de l'autre...

- Ecoutez le magistrat, monsieur le greffier à la triste figure; vos frustrations ne doivent pas vous conduire à lui faire suspecter un innocent, dit la juge un peu livide qui commençait à comprendre. Mais donnez-moi plutôt ce PV que je le relise, pour m'ôter de l'esprit vos supputations fantaisistes. Pfutt, pfutt.

- Mais... je ne l'ai plus ce PV madame la juge.

- Comment ça, triste sire, vous ne l'avez plus ? Nous venons à peine de terminer l'audition.

- Mais... madame la juge, vous m'avez dit de recommencer mon travail, et j'ai détruit ce PV par le menu, conformément à vos instructions... Puisque monsieur Troonh est disculpé...

- Vous avez déchiré le procès-verbal?... Avez-vous au moins fait une sauvegarde sur votre ordinateur?

- Mais, je l'ai effacé de la base de données. Je ne conserve pas les procès-verbaux entachés d'erreurs... Ni ceux des non-lieux que vous prononcez...

- Mais bougre de rond-de-cuir, personne n'a jamais détruit les procès-verbaux de non-lieu!... Vous êtes le seul dans ce palais à vous livrer à de telles félonies... Où est-il à présent ce PV?

- Mais avec les autres, dans la corbeille à papier...

Folle de rage, la juge bondit vers la corbeille à papier qu'elle renversa sur le sol sans ménagement.

- Le juge vous ordonne de le retrouver, et de le ressaisir sur votre ordinateur! Où l'avez-vous mis, greffier à la morte face? Destruction de PV d'instruction, vous vouliez couvrir cet individu et la vieille. Sans doute deux amis coquins. Ne faites pas suspecter au juge que vous aussi êtes complice du vol des bijoux? Et d'abord, quel était votre emploi du temps le jour de l'agression de la rue Bourgnôle?

- Madame la juge, vous n'y pensez pas, où étais-je? Mais ici même, avec vous, à dresser les PV des personnes auditionnées.

Le juge fouillait fébrilement la poubelle et les papiers jonchant le sol. Mais elle ne trouvait que des confettis et des petits morceaux, qu'elle essayait de rabibocher comme un puzzle.

- Mon PV! s'exclama-t-elle, je le tiens, celui que je cherchais!

- Vous l'avez retrouvé? Vous avez pu le sauver?

- Le juge parle de l'autre, cauchemar de mes nuits; celui qui confondait la vieille. Vous le rendrez folle. Et laissez les portes de cette armoire ou le juge trouvera le moyen de vous faire coffrer, dit la magistrate au comble de l'exaspération.

- Oh c'est trop fort! Je me plaindrai à mon syndicat. Et vous pouvez toujours vous occuper vous-même de votre burette. Voyez à quoi cela mène d'être serviable.

- Taisez-vous! Vous cassez les oreilles du magistrat instructeur avec vos jérémiades. Faites plutôt entrer le prévenu suivant. Le juge sent au dossier que ce gars n'est pas net. Il n'est pas franc du collier. Qu'en pensez-vous greffier?

- Je suis parfaitement de votre avis, madame la juge. Comme les précédents. La justice se doit d'être impartiale mais ferme avec ces délinquants.

- Le juge sent qu'il va incarcérer et commettre une erreur judiciaire. Il en a besoin. Faites entrer monsieur le greffier. Avec l'habitude, il n'y a que comme ça qu'il se sent bien. Après tout, il ne va pas perdre ses primes de résultat pour rechercher un innocent qui n'existe pas de toutes manières.

Une fois hors du bureau du juge, Troonh demeura quelques minutes sur le seuil, comme s'il venait d'être à l'instant pétrifié par une coulée de lave. Il ne savait pas s'il devait se réjouir ou bien s'alarmer de ce qui venait d'advenir. Au fond, il l'avait échappé belle et était libre; mais il avait tout de même frôlé l'inculpation et peut-être l'emprisonnement, pour un meurtre dont-il était innocent. Certes il demeurait son agression de la blécharde rue Bourgnôle qui pouvait le rattraper. Mais il se rassura, car la juge semblait fermement décidée à expédier la mamie derrière les barreaux. Une fois incarcérée, elle perdrait toute crédibilité et pourrait raconter n'importe quoi; elle ne serait plus crue. Et elle aurait le temps de mourir avant d'être élargie. Se pouvait-il que la vieille ait brisé le crâne de son patron? Ce que Troonh avait appris de plus incroyable, était que la maison de Dieu appartenait en fait à son dernier employeur. Troonh fouillait dans ses souvenirs mais ne parvenait pas à se remémorer le visage de la birbasse et celle de son employeur. Il avait vu dans sa carrière tant de démarcheur à mine patibulaire qu'il ne savait plus à quoi s'en tenir.

Ce tandis qu'il stationnait devant la porte du bureau de la magistrate, il entendit les cris de la juge et ceux du greffier. La juge semblait particulièrement remontée contre son prévenu. Troonh pensa que la police criminelle avait interpellé la barbonne et qu'elle était passait dans le bureau du juge un sale quart d'heure. «*Fermez-moi cette armoire!*», put-il entendre distinctement ; ou encore : «*Le juge va vous placer en détention! Retenez-le, monsieur le greffier, il sent qu'il va signer un mandat de dépôt!*». Troonh se dit qu'il lui fallait ne pas moisir ici; et, sans prendre le temps d'attendre l'ascenseur, il dévala quatre à quatre les escaliers du palais.

Arrivé sur le palier du premier étage, il stoppa net. «*Bon sang, je suis fait… C'est eux, ils m'ont reconnu*». Il resta immobile, la main sur la rampe, le cœur battant la chamade.

- Tiens! Monsieur Troonh, dit le commissaire de police de la glotte. Vous voilà libre? J'en suis heureux pour vous; même si je n'y croyais pas trop. Je vous l'ai dit, vous avez la tête de l'emploi. J'en ai connu des interpellés, gardés à vue, déférés, prévenus, mis en examen, accusés, condamnés, relaxés, acquittés. Mais vous, vous avez, je ne sais pourquoi, une tête de coupable ; ou à erreur judiciaire...

Le commissaire était accompagné de la fillette du passage Blauque. Elle tenait un matou dans les bras; celui même qui s'était enroulé tantôt dans les jambes de Troonh. La fillette le dévisagea d'un air mauvais.

- J'amène la fille de la juge, dit le commissaire. Je l'ai trouvée en larmes avenue Blauque. La pauvre chérie a trouvé son chat à moitié estourbi dans la cave de son immeuble; et elle veut que sa maman lance des mandats de recherche et d'amener contre celui qui a amoché ce pauvre matou. Regardez ça Troonh, il a la truffe tuméfiée. Il a sans doute une fracture. Il a du recevoir des coups de pieds. Ca ne vous dit rien, Troonh?

Le chat s'enfuit d'un bond des bras de la fillette et dévala l'escalier en feulant.

- Tiens..., on dirait que la pauvre bête a eu peur de vous..., dit le commissaire. Vous n'aimez pas les mistigris?

- Mais..., parfaitement que je les aime. Je les aime même beaucoup..., les chats.

- Dans ces conditions, vous ne pouviez pas lui courir après et le rattraper? On eut dit qu'il vous avait reconnu.

- Reviens ici Gardavu! lança la fillette en courant après son greffier. Troonh en éprouva un immense soulagement. Tant qu'elle était après son chat, elle ne pouvait se préoccuper de lui.

- Ce chat aurait trouvé une tarentule dans sa litière qu'il n'eut pas réagi autrement…, dit le commissaire dubitatif. Vous êtes sûr d'aimer les chats, Troonh?

- Je vous laisse, monsieur le commissaire, une affaire pressante.

- Vous sortiez du bureau du juge Troonh?... Vraiment, tout vous désignait pour les rues Morbonde et Bourgnôle… Même le chat vous aurait mis en examen ; ou placé en préventive…

Mais, déjà, Troonh dévalait l'escalier sans attendre son reste.

Cinq minutes après, le colporteur arpentait de sa longue carcasse la rue Mortepente. Il marchait sans but, juste pour réfléchir. Que devait-il faire maintenant? Son employeur était refroidi. Se pouvait-il que la birbe vengeresse se fut mépris sur l'identité de Troonh et celle son ancien patron? Il ne croyait pas que la vieille fut la meurtrière; mais la juge d'instruction en était convaincue, ce qui réglait son problème de la rue Bourgnôle. Troonh restait à devoir livrer une commande pour laquelle il avait reçu un acompte déjà bien grevé. Le client avait doublé la commande, et Troonh s'était, il ne savait comment, fermement engagé à livrer. Retourner rue Croupante et annuler la commande pour force majeure? Mais comment rembourser son client? Il ne lui était plus permis de douter que le message anonyme résultait de ses activités commerciales. Quelqu'un devait chercher à l'écarter, voir l'escoffier, comme l'avait été son employeur. Ses deux visiteurs avaient du casser la fiole de son employeur et devaient chercher à lui faire pareil. Ils ne l'avaient pas trouvé chez lui et avaient décidé de s'en prendre à son fournisseur, pour le priver d'approvisionnements. *«Ces gars là sont plus que dangereux»*, se dit-il. *«Faut que je change d'horizon ou je finirais comme mon employeur»*. En attendant, la vieille allait croupir quelques temps derrière les barreaux; le temps que la juge se rendit compte de sa bévue, tout le monde aurait perdu le fil. Pendant ce temps là, la birbasse ne pouvait pas le mettre en cause. Si elle sortait un jour jamais, la vieille serait moralement ruinée.

En attendant, Troonh n'avait d'autres choix que de poursuivre lui-même l'enquête; car il ne pouvait pas compter sur la sottise de la police criminelle et de la juge d'instruction. L'enquête lui sembla, de ce fait, plus compliquée et dangereuse qu'avant. Au nombre des suspects auxquels il songea, étaient les deux inconnus ; ou la maison funéraire Bour&Loeil. Qu'il y eu complicité embryonnaire entre eux lui parut exclu toutefois. Son employeur avait du être victime d'un règlement de compte entre rivaux, pas de la maison de pompes funèbres. Toutefois, il ne pouvait exclure que messieurs Bour & Loeil eussent ourdi par jalousie une vengeance qui avait failli. Viser son patron pour mieux atteindre son colporteur en somme. Sans doute Bour&Loeil n'avaient pas pour intention initiale de tuer l'employeur de Troonh. Mais le, ou les auteurs, du meurtre avaient du pêcher par trop de zèle. Comment retrouver les deux maîtres chanteurs? se demanda Troonh. Comment trouver la marchandise pour livrer la rue Croupante? Par quel bout commencer?

Il lui vint que sa première et meilleure démarche était de retourner avenue Coupe Jarret, pour y épier les activités de la maison Bour&Loeil. Il y pourrait sans doute collecter quelques informations sur de possibles activités clandestines. Mais il ne devait pas être démasqué par Bour&Loeil ou leurs personnels. Sa démission était fort ancienne mais l'un quelconque pouvait encore le reconnaître. *«Il me faudrait un déguisement»*. Mais voilà: quelle sorte de déguisement? On était proche de Noël, pourquoi ne pas se travestir en Saint Nicolas? Il se mit à la recherche d'un magasin spécialisé. Il lui souvint qu'il y avait rue Trombine une boutique de farces et attrapes. Il lui vint également avoir gardé chez lui son uniforme de chez Bour&Loeil, quand il y était fossoyeur. Ah c'était là une riche idée! En tenue sombre, il pourrait passer totalement inaperçu du personnel Bour & Loeil, surtout de nuit. Humm…, mais voilà, attifé de la sorte, il ne manquerait pas d'être reconnu ou d'éveiller les soupçons. Comment planquer avenue Coupe Jarret dans un uniforme de croque-mort à l'enseigne Bour&Loeil? Il serait facile de tromper les flâneurs et les commerçants; mais sûrement pas les croque-morts. Il devait trouver autre chose. Voyons, voyons… Pour ce faire, il résolut d'aller chez le marchand de farces et attrapes, rue Trombine.

La nuit tombait; cela lui permit de ne point différer son projet. D'un pas alerte, il prit au plus court le chemin vers la rue Trombine car il craignait d'arriver après la fermeture.

Quelques minutes plus tard, il s'engouffra dans la boutique de farces et attrapes, et demanda au vendeur de lui montrer tout ce qu'il possédait en fait de panoplies. Le vendeur lui demanda pour quelle occasion il voulait se travestir. Mais Troonh parut embarrassé et répondit de manière évasive. Le vendeur ramena de l'arrière-boutique un grand nombre de panoplies qu'il déposa en vrac sur le présentoir. Troonh se mit à fouiller les panoplies comme chez le fripier. Il y avait des Casimir, des Belphégor, des Zorro, des Superman, des Maya l'abeille, des monstres, des princesses, des sorcières, et des costumes d'Halloween soldés. Il fut tenté de prendre une panoplie de zombie ou bien de Mister Jack, car elles incluaient un masque de tête de mort, ou de citrouille, qui le rendrait totalement incognito. Seulement voilà... Comment planquer avenue Coupe Jarret ainsi affublé, sans se faire moquer du chaland et repérer par la police? Non; il lui fallait une tenue plus sobre pour stationner longtemps au même endroit sans être remarqué. Il abandonna son idée de panoplie et s'en retourna avenue Coupe Jarret.

Une fois sur place, il ne put faire autrement que d'imiter les badauds en flânant sur l'avenue, passant d'un trottoir à l'autre, et feignant du lèche-vitrines. Mais il vint rapidement à sentir la fatigue. Il lui fallait trouver le moyen de stationner devant chez Bour & Loeil sans se faire remarquer. Il n'y avait pas de bancs publics. C'est alors qu'il avisa un camion à nacelle de la Compagnie Urbaine d'Électricité, servant à remplacer les ampoules des réverbères publics. A cinq mètres à l'aplomb du camion, il vit deux ouvriers affairés sur un lampadaire. Juste en face du camion élévateur, se trouvait la boutique Bour & Loeil. Troonh pensa que la nacelle pouvait s'avérer une planque parfaite. Mais il abandonna ce projet car il lui parut impossible d'y monter.

C'est alors que se produisit un événement qu'il jugea providentiel. Il vit la nacelle pivoter sur elle-même; puis après quelques tremblements descendre lentement jusqu'à se poser sur le camion. Chic! Les ouvriers de la CUE avaient fini leur travail! Troonh les vit ôter leurs bleus et les abandonner négligemment au fond de la nacelle. Ils se saluèrent l'un l'autre et quittèrent l'avenue Coupe Jarret chacun de leur côté.

Troonh resta planter quelques minutes devant le camion. Quelques badauds firent de même. *«Si j'osais…»*, s'interrogea-t-il. *«Que j'ose, que j'ose»*, se dit-il. Il fit pendant une heure le fer à repasser dans l'avenue, le temps que se dispersassent les badauds, et celui de ramasser son courage pour exécuter son projet. Puis, saisissant son cran à deux mains, il revint jusqu'au camion de la CUE et grimpa sur le plateau d'un air détaché mais décidé. Personne ne le remarqua. Il s'enhardit assez pour entrer dans la nacelle. Il s'empara d'un bleu de la CUE et l'enfila prestement. Le problème fut qu'elle était beaucoup trop petite et qu'elle le couvrit jusqu'aux coudes et aux genoux. Mais bon. Il se trouva face aux leviers de commande. *«Comment hisser ce foutu machin»*? se demanda-t-il. Le tableau de bord du bras élévateur était rempli de symboles cabalistiques. Un levier lui parut plus parlant que les autres. *«Ca ressemble à un bouton d'ascenseur»*, se dit-il. Il se décida à pousser une manette vers le haut; puis vers le bas. Mais rien ne se produisit. Cela fit **zzzzzzzzz** mais rien de plus. *«Bon Dieu de nom de Dieu»*, grogna-t-il. Il vit à côté une autre manette et se risqua. Cela fit **zzzzzzzzzzzz** sans plus d'effet. Il se sentit au comble de l'agacement quand il vit un témoin vert éteint et une clé de contact qu'avaient négligé d'ôter les ouvriers. *«M'y voilà. Ca doit être ça»*. Il mit le contact sans plus balancer; le témoin vert s'éclaira. Les badauds étaient agglutinés autour du camion comme au cirque. Troonh n'en eut cure, tout à sa joie d'avoir percé du tableau de bord les hiéroglyphes. Il poussa lentement la manette: **zzzzzzzzzzzzzzz**, la nacelle s'ébranla et commença son ascension. Hourra ! Un badaud applaudit.

- J'ai été grutier vingt cinq ans et j'ai jamais vu un manchot comme vous. Vous avez deux mains gauches.

Troonh se pencha et voulut répliquer quand il reconnut un petit vieux de la pizzéria.

- Qu'est ce que vous faites là? Vous m'espionnez, c'est ça? Ce sont vos patrons qui vous payent pour le faire?

- Je passais par hasard, répondit le vieux. Je vous savais vendeur de livres saints puis démarcheur de produits particuliers. Vous voilà grutier?

- Fichez-moi la paix je travaille, répliqua Troonh, avec conviction, comme s'il fut lui-même de la CUE. J'ai trouvé un nouvel emploi. Je dois vérifier tous ces réverbères dans la nuit.

- Vous semblez toujours aussi bizarre. De colporteur à grutier, vous avez fait du chemin. Notez que c'est un bon métier. Et cela permet de voir le monde d'en haut et d'en savoir plus long que les autres, pas vrai?

- Qu'est ce que vous voulez dire?

- Quand j'étais grutier, j'épiais les gens pour le compte de la police. Après, ça m'a bien servi pour y entrer. Je pouvais filer les clephtes sans être repéré.

- Sans blague ? Vous faisiez ça ? Vous étiez malin, dit Troonh en lui faisant un clin d'œil complice. Excusez-moi, mais il faut vraiment que je travaille.

- Vous risquez d'en voir de belles, dit le vieux.

- Qu'est ce qui vous fait dire ça?

- Une idée... Une idée de policier...

Et il partit. Troonh le regarda s'éloigner puis disparaître dans la nuit. Puis il poussa la manette d'ascension sous le regard des curieux.

La nacelle parvint cinq mètres plus haut en quelques secondes. De cette hauteur, Troonh put contempler à loisir la fameuse avenue. Il n'y avait rien à ajouter; c'était une belle et chouette artère, surtout la nuit, avec le scintillement des boutiques et l'éclat satin de l'éclairage public. Il y avait un brin de brume aussi qui donnait à l'avenue une atmosphère de polar, et Troonh se vit un instant en inspecteur Borniche. En fait s'il se prit pour Borniche, c'est parce qu'il ne connaissait pas d'autres noms de détective; de plus, il ne se rappelait plus exactement qui était l'inspecteur Borniche. Mais bref. Il se pencha pour observer le sex-shop mais il ne se passait rien de ce côté-là. La boutique était fermée. Par contre, il vit une fébrile activité du côté des pompes funèbres Bour&Loeil. Que se passait-il exactement? Il se pencha un peu pour mieux voir et tenter de comprendre. Il y avait là trois croque-morts qui faisaient des allés-retours du magasin jusqu'à un corbillard. Le convoi semblait prêt pour un enterrement. *«Ils vont encore transporter de la viande froide en pleine nuit».*

C'était bien là les manigances qu'ils avaient connues chez Bour&Loeil naguère. De temps à autres, la maison Bour&Loeil faisait des transports clandestins de carcasses animales, pour le compte des abattoirs situés dans la zone industrielle de la Vésicale. Le travail consistait à prendre en charge de nuit une carcasse de bœuf, voir deux, pour aller les benner dans une décharge sauvage à ciel ouvert. Les abattoirs ne déclaraient pas au fisc la viande débitée des carcasses, et les croque-morts de grappiller de l'argent au noir.

Messieurs Bour&Loeil prêtaient complaisamment leurs vans aux personnels en échange d'une petite commission. Messieurs Bour & Loeil, plus prudents que leur personnel, précisaient aux employés qu'ils déclareraient le corbillard volé en cas de contrôle de la maréchaussée. Messieurs Bour & Loeil avaient une astuce pour justifier le déplacement de leurs corbillards de nuit. Quand il y avait un convoyage de corps vers la province, ils envoyaient leurs employés faire la mise en bière en soirée. Ils expliquaient aux familles que le transport du corps se ferait la nuit pour avoir plus de fraîcheur. Les employés faisaient un détour par les abattoirs et chargeaient les carcasses sur la bière ; puis de là bennaient les abattis dans la décharge de la Vésicale. Et pour tout dire non loin de leur concurrent la maison Robillard. Ensuite de quoi, les croque-morts revenaient au bureau. Un jour de cela une équipe avait benné par inadvertance un cercueil avec la carcasse. A cause de leur bévue, messieurs Bour&Loeil avaient dû mobiliser tout leur personnel pour fouiller la décharge à trois heures du matin éclairé par les phares. Troonh avait été de la partie. Il lui revenait en mémoire cette effroyable nuit où il avait du fouiller dans les détritus.

Troonh en était là de ses réminiscences macabres quand il vit un employé de Bour&Loeil sortir du magasin une poubelle. Il se pencha un peu plus par-dessus la nacelle. C'était un container servant normalement au tri sélectif: bouteilles plastique, carton, papier, boites de conserve. L'employé se dirigea vers le camion en traînant son lourd container. «*Qu'est-ce donc que ce nouveau grenouillage?*». Le colporteur n'allait pas tarder à l'apprendre. L'employé ouvrit les portières arrière. Puis il souleva l'abattant de la poubelle. Troonh ouit alors une voix qui le fit sursauter.

- Au lieu d'espionner les gens mon chou, tu ferais mieux de réparer ce fichu réverbère. Il clignote toute la nuit devant ma fenêtre de chambre; je me crois dans une discothèque.

Du fait de la lumière clignotante, Troonh ne voyait rien.

- Qui va là? dit-il, comme s'il était juché sur une tour de guet. Il devina une grosse michetonne appuyée sur la rambarde de sa fenêtre. Elle était en caraco avec un filet sur la tête. Elle avait du gros rouge à lèvres et pinçait une sèche entre ses lèvres. Troonh se rendit compte qu'il s'agissait d'un hôtel borgne.

- Change-moi cette fichu lampe avant que je devienne complètement folle. J'en ai tellement marre que dès fois j'ai envie de me jeter en bas sur le camion des pompes funèbres. Au moins je serais rendue à demeure en moins de deux...

- Je vais m'en occuper. A présent, refermez cette fenêtre, vous allez vous enrhumer.

- Je préfère te regarder faire, mon chou. Comme ça je serais sûre que tu feras ton travail et que tu ne ficheras pas ton camp en me laissant quimper.

- Ecoutez-moi, rentrez dans votre chambre, fermez cette fenêtre et laissez-moi faire mon travail. Vous me stressez. Et puis vous voir ici ça me flanque le vertige.

- Et moi mes michetons en ont marre de faire leurs petites affaires avec les yeux bandés. Imagine ça, c'est ce que je suis obligée de faire pour qu'ils ne repartent pas aveugles. Ce n'est pas commercial.

- Je comprends votre problème; et croyez que je fais le maximum. Mais je ne peux souffrir que vous restiez là à me regarder pendant que je travaille. Ça me déconcentre. Qu'est-ce que vous diriez si je faisais la même chose avec vos clients?

- Ne t'avise pas à ce petit jeu avec ta grue, il t'en cuirait, tu ne connais pas mon homme. Je ne regarde pas tes clients ; je surveille simplement si tu fais ton job avant de t'en aller. J'en ai assez des gens qui me promettent des choses dont je ne vois jamais le début. Mon premier homme était comme ça. Il me disait que j'étais sa princesse et tout le traczire. Et puis voilà où il m'a menée: à la rambarde d'une chambre à regarder un imbécile comme une vache les trains. Tu ne sais pas changer une lampe? Les deux gars qui étaient sur ta girafe avant toi m'ont assez baratiné. Ils y sont restés tout l'après-midi et ont fichu le camp sans avoir changé cette damnée lampe. Et je ne me vois pas encore une fois passer la nuit en discothèque.

- Ils ont rien remplacé du tout? Comment ça? dit Troonh qui renifla un coup tordu.

Des gars de la CUE qui ne changeaient pas une lampe après deux heures, ce n'était pas normal.

- Ce n'est pas normal non plus de dire à mes habitués qu'il n'y a pas de problème d'éclairage, et que ce sont leurs yeux qui ont des flashs, et qu'ils doivent consulter un ophtalmo. J'ai dû remplir tous les cabinets de la ville avec mes salades. Ce n'est pas la lampe je t'en fiche oui! Ca va que ces crétins me croient; mais un jour je vais avoir des ennuis; pour sûr.

- Ok, je m'en occupe madame, mais fermez cette fenêtre, vous me donnez froid et vous allez finir par vous enrhumer.

La femme regarda Troonh en silence puis minauda.

- D'accord mon loup, tu as l'air sérieux, je te fais confiance. A trois, je ferme cette fenêtre. Et alors tu te mettras au travail. Si dans une heure ça clignote encore, je te délogerai de ton perchoir à coups de revolver. Dans le cas contraire, je t'arrangerai le coup pour te dire merci.

Elle lui fit un clin d'œil appuyé et referma la fenêtre. Troonh la vit tirer ses rideaux puis disparaître.

Il reprit sa surveillance. En bas l'employé des pompes funèbres avait ouvert le container et chargeait son contenu à l'arrière du corbillard. Troonh peinait à distinguer de quoi il retournait; et descendit d'un bon mètre la flèche de la nacelle. Il crut se méprendre un instant; mais, avec un peu d'attention il se rendit à l'évidence. Il ne commettait pas d'erreur. Il s'agissait de livres. «*Que peuvent-ils manigancer chez Bour&Loeil?*». Surgit dans le cerveau de Troonh une idée lumineuse qu'il crut d'abord provenir du clignotement du réverbère. Et s'il s'agissait de...? Fut-il possible que ces livres fussent...? Troonh n'en revenait pas. Sacrés Bour&Loeil, toujours à l'affût d'une combine; carcasses d'animaux, littérature spéciale à présent! Mais Troonh devait en avoir le cœur net. Le colporteur fut gagné par un soupçon. Et si la cargaison en question provenait de son ancien employeur? Il en était là de sa cogitation quand il vit les phares du corbillard s'allumer. «*Bon sang, mais ils s'en vont! Je dois les filer!*». Il descendit la flèche jusqu'à la déposer sur le plateau. Il se rua jusqu'à la cabine du camion et saisit la portière conducteur. Eurêka! Les employés de la CUE avaient négligé de la verrouiller ! Troonh s'assit au volant; et de la main droite tâtonna à la recherche du contact.

Eurêka! Il y trouva la clé. Les ouvriers avaient omis de la retirer! Il lança le démarreur et le moteur ronronna immédiatement. Tous feux éteints, Troonh se lança à la poursuite du corbillard.

Ah miséricorde! Plongé dans cet univers de déréliction et d'effroi, vers quelle destination se dirigeait-il une fois encore?

Le corbillard était sorti de la ville et s'enfonçait dans la nuit et l'épaisse forêt. Ses phares puissants ouvraient la route sur trois cent mètres. Troonh pouvait le suivre de loin, tous feux éteints. Les arbres squelettiques, décharnés par l'automne, surgissaient dans la blanche lumière des phares et formaient de loin en loin sur la route comme une danse macabre. Le camion grue était véloce et la puissance de son moteur permettait à Troonh de combler dans les lignes droites la distance qu'il perdait dans les courbes. Il lui suffisait de lancer le moteur pour revenir vers le corbillard sans être repéré. A chaque virage, Troonh voyait le corbillard prendre du champ mais il devait ralentir pour ne point sortir de route.

L'étrange convoi roula ainsi pendant deux heures et plus, parfois dans la forêt, parfois entre deux précipices, car ils arrivaient pour l'heure dans une région où peu de gens s'aventuraient. L'air y était froid et vif, le vent violent, l'oxygène plus rare. Dans ces lieux inhospitaliers, les esprits se raffermissaient. On rapportait des anecdotes étranges à propos de ces vastes espaces. Certains y disparaissaient en plein jour. On ne retrouvait jamais leurs traces. Plus bas dans la vallée, Troonh vit scintiller les lumières urbaines et fut pris de vertige. A quelle hauteur se trouvait-il à présent? Mille mètre? Deux mille? Comment le savoir dans cette nuit d'encre? Les crimes de la cité avaient-ils pu gagner les hauteurs? Le corbillard fonçait, sans égard pour les virages mortels qui jalonnaient la route. Son conducteur devait être trop concentré pour remarquer être serré de près. Tout comme Troonh qui crispait ses mains moites sur le volant.

Comment pouvait-il ainsi ne gravir que des pentes? Cela faisait presque une heure que les deux véhicules gravissaient des côtes sans en point descendre. «*C'est invraisemblable*», se dit Troonh, «*aucune côte ne monte comme ça indéfiniment dans la région. Je connais le secteur, j'y suis venu plusieurs fois, et on ne monte pas autant, au maximum cinq cent mètres de dénivelé. Je dois faire erreur, on ne doit pas être du bon côté de la vallée. Mais pourtant si… Bon sang, je n'y comprends rien. Je dois être mort déjà; ils ont dû m'avoir et je suis seul à n'en rien savoir. Je monte et c'est comme si je descendais en enfer. Il n'y a rien de très bon par ici».* La route se rétrécissait à présent et il eut été tout à fait impossible de faire un demi-tour. Troonh devait aller jusqu'au bout du chemin.

Il lui sembla que le sommet était bientôt atteint car il vit les feux du corbillard plonger puis disparaître en contrebas. Un doute lui traversa l'imagination. Se pouvait-il que la route se réduisît assez pour se terminer brusquement? Troonh pesa de toutes ses forces sur la pédale de freins et le camion s'immobilisa dans un grincement féroce au sommet d'une côte. Il s'agissait d'une illusion nocturne. Il vit en contrebas le corbillard dévalé une pente à vive allure. Il redémarra et s'efforça de combler son retard. Il n'était pas difficile de serrer le corbillard en dépit de la distance, car Troonh pouvait au loin suivre ses faisceaux de phares et ses feux rouges arrière. Il se résigna à allumer ses feux de position; et, après quelques minutes, ses yeux furent aux ténèbres habitués assez pour percevoir le fossé. Il progressa prudemment de cette façon en allumant de temps en temps, mais brièvement, ses feux de croisement. Les accotements n'étaient pas larges; et au-delà des fossés la route était flanquée de résineux et de précipices. Il ne craignait plus d'être semé; car à l'évidence il n'y avait point d'intersections sur des kilomètres. Entre les résineux, il entrevoyait dans la forêt le tracé psychédélique des phares du corbillard.

Après quelques kilomètres Troonh vit un croisement et ralentit. Tout bien considéré, il ne s'agissait pas exactement d'un carrefour mais plutôt d'un entrelacs de chemins forestiers. Il vit à main gauche un chemin terreux gravissant une colline jusqu'à s'évanouir dans la forêt et la nuit. Troonh se dit que le convoi funéraire avait peut-être quitté la route principale pour emprunter l'un de ces chemins forestiers. Mais comment en être sûr? Que devait-il faire? Continuer? Et si le corbillard avait obliqué, quel chemin choisir? Troonh ne pouvait plus abandonner ni même rebrousser chemin car l'étroitesse de la route n'eut permis à deux véhicules de s'y croiser, moins encore d'y faire demi-tour. Si le corbillard filait bon train sur la départementale, Troonh était semé d'ores et déjà. «*Si je m'engage dans l'un de ces chemins ou que j'y tente une manœuvre, je finirai embourbé pour sûr; le camion est trop lourd et il n'a pas de treuil*». Il réfléchit. Semé pour semé, il en avait le temps. Il s'était arrêté trop longtemps pour espérer jamais rattraper le corbillard avant un prochain carrefour où il pouvait avoir bifurqué. «*Si je rentre dans un de ces chemins-ci Dieu Seul sait ce qui adviendra*». Il réfléchit encore de longues minutes. «*Ce chemin forestier est en côte. Si je m'y engage le risque est moindre d'y rester bloquer car j'y pourrais encore reculer en descente*». En toutes hypothèses, il ne s'agissait plus que de continuer par la route pour rentrer chez lui ou de s'engager sur ce chemin forestier crotteux. «*Cette affaire n'est pas catholique et je ne veux pas rester sur ma faim. Faut que je découvre ce qui se trame chez Bour&Loeil*».

Et d'une manœuvre déterminée, inhabituelle pour lui qui n'était qu'un couard, il enclencha la première et engagea le camion dans le chemin forestier.

Le camion y entra cahin-caha, rebondissant sur bosses et ornières. Ses phares puissants et ses longues-portée écrasaient de leur lumière crue tous les obstacles: trous, bosses, ornières, branchages jonchant le sol. Le camion avança, cahotant et bringuebalant, mais triompha sans peine des plus forts dénivelés. Il parcourut deux cent mètres environ –Troonh avait totalement perdu la notion des distances – quand surgit un virage suffisamment en trombone pour faire caler le moteur. Troonh coupa le contact et éteignit les feux. Il ne rêvait pas : à cent mètres peut-être en contrebas il aperçut le corbillard arrêté feux allumés devant une grande bâtisse que Troonh reconnu bien. «*C'est l'ancien pensionnat!*», s'exclama-t-il dans sa cabine. Ce n'était pas possible... Le corbillard n'avait pu faire ce long périple pour seulement arriver au pensionnat, distant de la ville de cinq kilomètres, au plus. «*Bon sang*», se dit Troonh, «*le pensionnat n'a jamais été en pleine forêt! Je dois me tromper, il ne s'agit pas du pensionnat...*». A y regarder de plus prêt pourtant, ce n'était point douteux. Il n'existait de toute façon nulle bâtisse de cette importance aux alentours de la ville.

Tout d'abord somptueux manoir bourgeois, puis maison de correction pour mineurs, clinique psychiatrique, puis pensionnat fermé par les autorités pour une affaire d'atteinte aux mœurs et de pédophilie perpétrés par des notables. «*Je deviens dingue*», se dit Troonh. «*Par quel sortilège ce pensionnat se trouve ici? Il n'a jamais été en montagne, encore moins en forêt. Il a toujours été au sommet d'une crête certes. Mais pas au beau milieu de nulle part, complètement isolé à plus de mille mètres d'altitude*». Troonh essaya de se conforter en cherchant alentour un indice qui pourrait l'aider. Mais rien à faire, il s'agissait bien du pensionnat, Troonh reconnaissait parfaitement sa tour ouest, et l'aspect si spécial de sa façade et de son porche. «*Je deviendrai pas fou avant de découvrir ce qui s'ourdit ici. Un corbillard, un convoyage de livres dans un ancien pensionnat désaffecté; je dois tirer tout ça au clair»*.

Il ne pouvait pas remettre en route le moteur pour s'approcher. Il risquait de se faire repérer. Heureusement le chemin était en pente douce. Il desserra le frein de parking et laissa le camion descendre doucement en roue libre. Un peu plus bas, Troonh estima s'être approché assez pour surveiller le pensionnat à loisir. Mais ce n'était pas simple. La nuit et les arbres lui faisaient obstacle. Que faire...? *«La flèche élévatrice!»*, s'exclama-t-il. Il allait s'élever dans la nacelle au dessus de la cime des arbres. Vite! Il s'extirpa de la cabine et crapahuta jusqu'à l'arrière. De ses grandes guiboles il escalada le plateau et entra dans la nacelle. Il activa la manette de montée. La nacelle s'éleva lentement en silence vers le fait des arbres dans un chuintement hydraulique. Les passagers du corbillard ne pouvaient point l'entendre car ils avaient laissé tourner au ralenti le moteur de leur véhicule. L'instant suivant Troonh s'estima perché assez pour pouvoir surveiller à son aise les étranges magouilles du convoi Bour & Loeil. Il put même entendre nettement les échanges verbaux de l'équipage. Il vit distinctement quelques individus, trois, ou plutôt quatre; mais ne parvint pas, vu l'obscurité et la distance, à voir leur physionomie. De temps en temps, l'un d'eux passait dans la lumière des phares et son ombre s'étirait sur plusieurs mètres avec des tortillements grotesques. Mais découvrir qui se cachait derrière ces visions fantomatiques, c'était tout à fait impossible. L'équipe du corbillard faisait la navette entre le coffre et le pensionnat. *«Ils vident la malle arrière, ces vautours. Qu'ourdissent-ils? »*. Il entendit des cris de mécontentement.

- Triple buses! Je l'ai toujours dit, vous êtes des débiles et des maladroits, dit une voix féminine. Vous venez de me monter sur le pied! Vous n'êtes même pas doués assez pour vider le chargement sans vous en prendre physiquement à ma personne.

- Je suis navré, madame...

- N'en dites pas plus, vous m'agacez. Poussez-vous de mon chemin, vous êtes toujours dans mes pattes. A force d'y être, vous allez finir par nous retardez ici jusqu'à l'aube. Et vous savez qu'on ne doit pas me voir en plein jour dans votre véhicule maudit. De plus, demain je travaille moi. Pfutt, pfutt.

Troonh ouvrit grandes les oreilles. Une idée saugrenue lui traversa l'imagination: et s'il s'agissait d'un vampire? Il écarta cette hypothèse farfelue. Il ne croyait ni aux revenants, ni aux vampires, ni aux zombies, ni aux manifestations malfaisantes. C'était bien étrange tout de même que cette femme ne voulant pas affronter le jour. Il tendit davantage l'oreille et écarquilla grand les yeux.

- Il est exclu que je circule dans ce véhicule en plein jour. Je n'ai pas mes lunettes de soleil. Je ne veux ni ne peux être vue.

- Vous pourriez toujours dire que vous avez perdu un proche ami, dit une voix d'homme qui parut familière à Troonh.

- Vous n'y pensez pas, sombre ganache. Au lieu de débiter vos sornettes vous feriez mieux d'accélérer le déchargement.

- Le déchargement est terminé madame.

- Vous avez mis la marchandise en lieu sûr? Avez-vous pensé à verrouiller toutes les issues?

- Suivant vos ordres madame. Tout est en ordre. Nous n'attendons que vos instructions pour repartir.

- Bon. Vous le grand fadet, vous allez rester là pour reboucher le trou. Moi je retourne en ville, le devoir m'appelle. On reviendra vous cherchez dans trois heures; le temps pour vous de finir votre tâche de fossoyeur.

- C'est d'accord madame. Mais je rebouche avec quoi?

- Avec quoi? Avec cette pelle bien évidemment. Tenez.

- Mais…, c'est une pelle de bac à sable!… Elle est minuscule, j'en ai pour toute la journée, et peut-être davantage!

- Vous vous en contenterez, je n'ai rien trouvé de mieux. Un croque-mort qui omet de prendre une pelle de fossoyage, c'est un comble. Tiens? Un fossoyage, un comble; c'est amusant hé hé. Bref, vous n'aviez qu'à y songer avant. Si vous n'y arrivez pas vous n'aurez qu'à remblayer avec vos mains et vos dents… Avec la force que vous avez elle devrait faire l'affaire, espèce de Belphégor. Au lieu de pleurnicher sur votre sort vous feriez mieux de vous mettre à l'œuvre. Si vous n'étiez pas là à finasser, ergoter, et me saouler avec votre vaine jactance, vous auriez déjà fini et nous ne saurions pas obligés de faire une navette pour revenir vous chercher. Au travail ou vous rentrerez à pied. Pfutt, pfutt.

- Vous n'y pensez pas madame! Il y a au bas mot cinq mètres cube de terre! Et pas tendre avec ça… C'est l'hiver.

- Taisez-vous! Vous n'êtes qu'un manchot! Mettez-vous au travail. Vous, mettez-vous au volant; nous rentrons.

«Mais que faisaient-ils?», s'interrogea Troonh. Il n'y voyait que tchi mais entendait très distinctement le bruit causé par les mottes de terre chutant sur un objet dur. *«Quelque chose comme une caisse en bois? Un cercueil? Ils ont du supprimer quelqu'un»*. Le corbillard s'ébranla et ses phares balayèrent la forêt. L'obscurité redevint totale dès lors et Troonh n'ouit que le bruit des pelletées de terre en tombant. Il lui vint de s'approcher davantage, le risque étant moindre maintenant qu'il ne restait qu'un homme. Troonh se sentait de taille à lutter en cas de problème. Il ramena la nacelle sur le plateau et descendit du camion. Il s'approcha lentement du pensionnat, évitant de marcher sur le bois mort jonchant le sol. Il lui fut possible malgré la nuit de deviner les obstacles car la lumière du pensionnat était restée allumée, sans doute pour permettre au fossoyeur d'accomplir son travail. Troonh entrevit sa silhouette se plier puis se redresser au rythme des pelletées. Il paraissait la cinquantaine. Troonh s'enhardit. *«Si j'osais. Je m'approche par derrière et je l'assomme avant qu'il ait fini de reboucher. Je pourrais alors savoir ce qu'il est en train d'enterrer»*. Il réfléchit. Non; ça n'était pas l'idée la plus pertinente; car l'homme une fois recouvrés ses esprits alerterait ses complices. En outre, Troonh pouvait rater son coup et il serait grillé. Il se résolut à attendre et surveiller. *«Ils vont revenir le chercher, j'aurais le temps de fouinasser à mon aise»*.

Il revint au camion et s'installa dans la cabine. Le froid commençait à engourdir ses membres. Mais il était exclu d'ouvrir le chauffage dont la soufflerie le ferait repérer immanquablement. Il inclina son siège. Le remblayage pouvait durer un moment car le bonhomme progressait lentement. *«Il faut pas que je m'endorme»*, se dit Troonh qui sentit ses paupières s'alourdir, s'efforçant de vaincre l'assoupissement. **Splash, splach, splach, splach, splach** faisaient les petites pelletées en tombant. **Splach, splach,** splach, splach, splach, splach, splach...

*

La lumière du jour le réveilla. Le soleil lui faisait face et frappait de ses feux le pensionnat. Troonh mit quelques temps pour se souvenir de l'endroit où il se trouvait. Face à lui, le pensionnat abandonné se dressait, austère et lugubre. Une chose frappa Troonh comme la foudre: le vieux pensionnat n'était plus en montagne! Il le voyait maintenant tel qu'il l'avait toujours connu, dressé sur une vaste clairière entre deux collines. *«Bon sang»*, se dit-il les yeux effarés. *«Je peux pas croire ça»*. Il n'y avait pas de doute pourtant; il s'était assoupi dans le camion, et ses souvenirs de la nuit passée s'étaient volatilisés. Il l'avait rêvé cette filature au sein de montagnes qui n'existaient plus. Il se sentit à demi rassuré, il n'était point devenu fou; encore que. Persistait une certitude: il était dans un camion de la CUE, et avait bien suivit un corbillard jusqu'au pensionnat. Il put voir les traces de ses pneus dans le chemin forestier et celles du corbillard devant le pensionnat. Mais où était le remblayeur? Sans doute reparti avec ses canailles de complices. Que devait-il faire? Creuser en plein jour, cela lui parut impensable. Devait-il se résigner à attendre la nuit prochaine? *«Tu t'es assoupi»*, pesta-t-il. *«Te voilà beau pour attendre la nuit»*. Il avisa la pendule de bord. Elle indiquait onze heures cinq! Quoi? Il avait dormi presque sept heures?

finalement, tant mieux, se dit-il; ça sera moins long d'attendre le soir. Et puis en hiver le crépuscule tombait tôt; vers cinq heures, estima-t-il.

Il avait faim. Il ne pouvait pas se déplacer en plein jour avec ce camion au motif futile d'acheter un sandwich. Il risquait de se faire arrêter par la maréchaussée car la disparition du véhicule avait dû être signalée par la compagnie urbaine. Tant qu'à attendre, il eut l'idée d'aller explorer le pensionnat dans l'espoir d'y trouver quelque indice. Il ouvrit doucement la portière mais ne la referma point, pour être prêt à revenir presto sa cabine. Il craignit aussi d'alerter un complice resté sur place. Comment avancer à couvert jusqu'au pensionnat ? Il lui souvint de ses classes militaires et des tenues de camouflage qu'on faisait porter aux troupiers. Il rassembla quelques branchages qu'il coinça un peu partout sur ses vêtements. Attifé de la sorte, il eut l'air d'un sapin de Noël ; mais enfin ce camouflage de fortune lui donna la force nécessaire pour s'approcher du pensionnat. Les épines de sapin le démangèrent à chaque mouvement; mais malgré cet inconvénient, il put progresser jusqu'à l'orée des bois. Une fois à découvert, il s'allongea et hésita à avancer. Il lui fallait traverser le parc du pensionnat. Mais il se résolut à courir ce risque. A y bien regarder tout semblait calme, nul auto en vue, seulement une vieille bicyclette toute rouillée, abandonnée là contre un mur du domaine. Après une brève hésitation, il se risqua à crapahuter jusqu'au bâtiment principal, fagoté dans sa panoplie de branchages.

Parvenu à un jet de pierre de la porte d'entrée, il résolut de se défaire de ses fagots car il semblait ne plus rien devoir craindre; le lieu était désert à l'évidence. Il ôta son camouflage et dispersa précautionneusement les branchages dans la forêt. Puis il s'avança jusqu'au bâtiment principal. Il entendait le crissement des gravillons sous ses semelles. Il gravit les marches du perron, gagnées par la mousse, le liseron, et les mauvaises herbes. Il s'approcha d'une fenêtre et essaya de reluquer à l'intérieur. Mais il n'y put rien voir à cause d'un voile épais de crasse qui recouvrait les vitres. Il fit le tour du bâtiment et tenta de regarder par chaque fenêtre. Il fit chou blanc à chaque fois. A l'arrière, il repéra finalement un petit escalier en colimaçon qui débouchait sur la porte du sous-sol, en contrebas. Sans doute une entrée de service, se dit-il. Il s'approcha de la porte vitrée. L'une des vitres était cassée. Il introduisit par l'ouverture son long cou cadavérique et découvrit un couloir voûté comme une cave. Enguirlandé de têts de vitre, sa tête semblait devoir être guillotinée sur l'heure. Le passage semblait conduire au cœur du pensionnat. Devait-il entrer? Pourquoi s'arrêter si prêt du but? Il n'y avait personne et il voulait savoir. Son excitation fut totale car chacun en ville connaissait l'ancien pensionnat et eut voulu le visiter par voyeurisme. Troonh passa une main par la fenêtre brisée et saisit la poignée de porte. Elle était verrouillée mais il palpa une longue clé rouillée, abandonnée sur la serrure. Il la tourna et la porte s'ouvrit sans résistance. Il l'entrebâillât sans penser qu'il avait omis de retirer sa tête. Il dut accompagner la porte en tenant sa caboche au milieu de la vitre, pour ne pas se faire déchiqueter par les tessons de vitre. Puis il s'extirpa doucement de cette posture improbable.

Il progressa lentement sous la voûte et déboucha dans un escalier de pierre en colimaçon qui conduisait du sous-sol au rez de chaussée. Il s'y engagea en se courbant car le plafond était trop bas pour sa carcasse. Il déboucha au rez de chaussée dans le grand hall d'accueil. Le lieu était resté somptueux malgré sa décrépitude et plus encore rendu majestueux par le silence. Tout le mobilier était là, couvert d'une grosse couche de poussière. Troonh visita chaque pièce une à une. Il ne remarqua rien qui put l'engager sur une piste quelconque. La plupart des pièces étaient des chambres toujours meublées d'un lit en fer et d'une armoire. Il y avait aussi trois bureaux, dont l'un, plus vaste, avait dû être celui de la direction. Le plus frappant était que les objets les plus anodins étaient restés à leur place : carnet de notes, gomme, stylo, feuilles de papier, seulement recouverts d'une épaisse couche de poussière. On eût dit que les usagers venaient de quitter les lieux dans l'urgence pour n'y plus revenir. Troonh vit même un pull-over et une veste posés sur un fauteuil. «*Vraiment curieux*», pensa Troonh.

Il passa l'après-midi à explorer la bâtisse de fond en comble. En dehors de l'atmosphère bizarre qui y régnait, il ne découvrit rien qui put l'orienter vers une piste ou l'amorce d'une explication. Comment le personnel et les pensionnaires avaient-ils pu quitter l'établissement en abandonnant sur place leurs effets personnels ? On savait en ville qu'une perquisition avait conduit la fermeture du lieu pour une histoire de mœurs. Par la suite, un non-lieu fut prononcé mais l'établissement ne rouvrit jamais, malgré la levée des scellés. Comment s'étonner après un tel scandale que personne n'ait voulu reprendre sa place dans ce lieu frappé d'opprobre? Mais où étaient-ils tous partis? Enfuis sans doute, pour échapper à la rumeur et à la vindicte populaire. Troonh en était là de ses cogitations quand il s'aperçut que le soir tombait rapidement sur le domaine. Il était cinq heures, mais l'obscurité s'abattait d'autant plus vite que de gros nuages noirs occultaient l'empyrée. «*On dirait une éclipse*», se dit Troonh. L'épaisseur des bois accentuait ce phénomène. Il se sentit mal et décida de rejoindre le camion. «*Au moins une chose normale*». Et il se dirigea d'un pas décidé vers la sortie. Il remprunta l'escalier en colimaçon et se trouva à l'extérieur l'instant suivant. Il persistait là un peu de lumière diurne encore et le froid était vif et le vent s'était levé. Il se dirigea vers le camion mais eut quelques peines à le retrouver. Dans la pénombre, Troonh avait perdu le sens de l'orientation. Mais que se passait-il? Le chemin lui semblait plus pentu que tout à l'heure. Il le reconnaissait; il retrouvait les branches qui tantôt lui avaient tenues lieu de camouflage. Plus loin, ouf, il vit le camion au sommet d'une pente. Vite, monté dans la cabine!

Il ferma la portière et la verrouilla. Il fit tourner le moteur pour avoir du chauffage et lança des appels de phare pour voir alentours. Rien ni personne. «*C'est pire qu'un cimetière, je ne sais pas ce qui me retient là. Il faudrait que je fiche le camp si j'étais plus malin, ça vaudrait mieux pour moi. Qu'est-ce qui se joue ici? J'en aurais le cœur net. Ne rien savoir après tous ces efforts, ce serait encore pire. Il faut que j'aille creuser cette nuit*».

Derrière son siège, il exhuma une malle emplie de matériel de chantier: casques équipés de lampe, pelles et pioches de toutes tailles. Il y avait même une sorte de foreuse électrique qui se rechargeait sur la batterie du camion. «*Avec cet équipement, ce sera vite expédié. Je pourrais partir de ce lieu maudit*». Il lui fallait maintenant puiser en lui-même le courage de sortir par cette nuit glaciale pour aller creuser.

L'horloge de bord afficha huit heures quand il résolut de quitter sa cabine. Il était harnaché comme un spéléologue. Il avait coiffé un casque à éclairage frontal et enroulé autour de son cou un cordage comme à l'approche de sa propre pendaison. Il tenait d'une main l'excavatrice électrique et de l'autre une pioche. Ainsi équipé, il s'approcha prudemment et s'étonna une fois encore de la forte déclinaison du chemin menant au manoir. «*Le stress et la nuit me troublent certainement les sens. La faim aussi* ». Il arriva devant le remblai et le considéra quelques minutes, hésitant. Et s'il se trouvait là quelques matières dangereuses prêtes à lui exploser à la gueule dès les premiers coups de pioche ? Non, non, c'était quelque chose de plus simple ; il avait même la conviction qu'il allait découvrir les livres chargés dans le corbillard par les hommes de Bour & Loeil.

Troonh planta énergiquement sa pioche dans le remblai. La terre était meuble et elle s'y enfonça sans efforts. Il pouvait dès lors employer la mini-excavatrice. La terre ramollit par l'humidité se détacha facilement et l'excavatrice dégagea les mottes rapidement. Troonh prit soin de les rassembler à proximité pour être plus prompt à reboucher le trou. Minute après minute, s'ouvrit une cavité qui pouvait recevoir un homme. Troonh entendait l'excavatrice ; et parfois des hiboux étonnés du raffut. Il leva la tête vers le faîte des arbres tout en continuant à creuser. Il distingua les yeux des volatiles luire dans la nuit.

A ce moment, il sentit l'excavatrice stoppée par un objet solide. «*Du bois ou du métal! J'y suis enfin!*», exulta-t-il. A la lumière de sa torche, il vit une caisse en bois. «*Bon sang, ils ont du enterrer un cadavre…*». Un cercueil, il allait mettre à jour un cercueil ! Ne valait-il pas mieux tout laisser choir et se carapater? Troonh ne voulait pas profaner une tombe. Il était capable de pêchés vénielles mais point d'une horreur pareille. Il lui vint de recouvrir l'excavation et quitter les lieux. Mais si près du but... Il allait savoir ce qui se cachait dans le cercueil. Il se pencha et acheva de la découvrir à la main. Mais, à sa grande surprise, il s'aperçut qu'il ne s'agissait pas d'une boite mais des ventaux d'une porte. *«Pourquoi diable avaient-ils enterré une porte?»* Cela n'avait plus de sens, décidément. Une porte...? Et s'il s'agissait en fait..., d'un passage souterrain! *«Il y a une entrée là-dessous»*. En effet, en tâtonnant les ventaux, ses doigts rencontrèrent un gros anneau métallique. Il l'agrippa fermement et tira les ventaux avec force. Ils étaient lourds et s'ouvrirent non sans peine. A la lumière de sa torche frontale, Troonh devina la forme imprécise et funeste des marches d'un escalier. Il fut brusquement projeté en arrière par une odeur pestilentielle.

- Bon sang, je connais cette odeur, dit-il à voix haute en chutant lourdement sur le postérieur.

Il recula de quelques mètres, le temps que se dissipât cette puanteur. C'était une odeur qu'il connaissait bien, presque familière, mais il n'arrivait pas à l'identifier formellement. Il plongea la main dans sa poche et en tira un mouchoir qu'il plaqua fermement sur ses orifices respiratoires. Il se sentit mieux et retrouva ses sens car il s'était senti nauséeux. Il revint vers le trou. L'odeur s'était dissipée, et il put regarder à l'intérieur. *«Ca descend pentu. Où cela va me conduire? C'est pourri vert-de-gris. C'est humide et ça pue. Je ficherais bien le camp avant que ça tourne mal»*. Il s'apprêtait à remblayer pour décaniller. Puis se ravisa. Il se sentait si près du but. Il ne lui suffisait à présent que de descendre cet escalier maudit pour savoir. Tout était silencieux. Il devait se risquer. Il avait sans doute plus à apprendre qu'à craindre. Il posa un pied sur la première marche, qu'il sentit glissante du fait d'un abondant lichen et de la moisissure. Il choisit de descendre à reculons, en prenant appui sur les mains. Un peu plus en confiance, il descendit lentement. A mesure qu'il s'enfonçait dans l'escalier, il sentait sa peau le démanger. Il eut l'impression que son corps était instantanément recouvert par une colonie de vermines. Il se gratta le corps avec la paume des mains, puis avec les doigts de plus en plus fermement, mais ne sentit nul parasite; juste des démangeaisons qui croissaient crescendo. Cependant, il descendait encore et encore ; c'était vraiment profond ! Et ça puait toujours plus! «*Mais ça sent quoi, exactement?*». Il avait déjà descendu un vingtaine de marches et ce n'était pas fini. Les marches étaient moins glissantes à mesure qu'il s'enfonçait. Mais l'odeur devenait quant à elle insupportable et il dut tripler l'épaisseur de son mouchoir.

Il descendit encore une dizaine de marches environ et déboucha dans une grande cave voutée. Il balaya l'espace de sa lampe torche. Il vit deux grosses caisses en bois ; et plus loin une porte en plein cintre. Il s'approcha des caisses; elles n'étaient pas fermées. Du bout des doigts, il saisit le couvercle de l'une d'elles et le flanqua par terre.

- Mais…, c'est ma commande! s'exclama-t-il.

C'était là le mystérieux chargement du corbillard. Se pouvait-il que la maison Bour & Loeil fut mêlée au cadavre de la rue Morbonde?

- Je suis dans de sales draps, gémit-il. L'affaire n'est pas simple.

Il s'avança jusqu'à la porte du fond et saisit sa poignée. Elle était ouverte et il la poussa. Elle s'ouvrit dans un grincement fantomatique. Troonh aventura sa tête par l'entrebâillement. Il vit cinq caisses posées sur des tréteaux métalliques et alignées précautionneusement en rang d'oignons.

- Qu'est-ce que..., bafouilla-t-il. On dirait...

Il attendit que ses yeux s'accoutumassent à la pénombre et regarda avec plus d'attention.

- C'est bien ce que je redoutais. Ca y ressemble et ça en est. Des cercueils! Malédiction!

Et cette odeur...? Cela lui revenait maintenant... Cette odeur si familière et ces démangeaisons par tout le corps.

- La saumure de Bour & Loeil! Ils y conservent les macabanches en attente de les momifier!

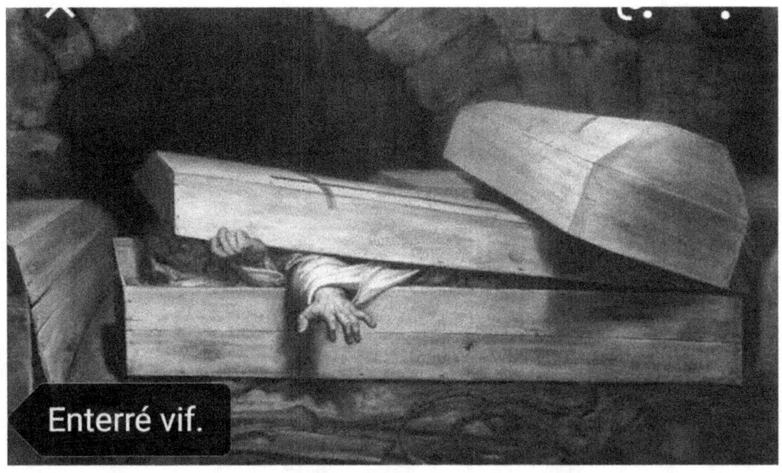

Troonh en était là de ses investigations quand il ouit un bruit de moteur. La panique s'empara de lui. A l'évidence le corbillard Bour&Loeil était revenu, contre toute attente! Depuis sa crypte, en dépit de sa profondeur, Troonh put entrevoir les feux de route du corbillard balayer l'extérieur. Où trouver refuge? Il tourna son regard un peu partout ; et la seule idée qui lui vint fut de s'allonger dans un cercueil. Il fit le tour de la crypte, soulevant l'un après l'autre et sans précaution le couvercle des sarcophages. Il finit par en trouver un vide qu'il trouva, allez savoir pourquoi, plus avenant, et s'étendit à l'intérieur. De son improbable planque, il pouvait encore ouïr des voix. Il reconnut l'une d'elles: c'était celle de la femme de la veille, il n'y avait point à s'y méprendre. Elle était pleine de courroux.

- Le diable emporte ce maudit fossoyeur! maugréa-t-elle. Il est parti sans recouvrir le trou ! Je vous intime l'ordre de faire congédier ce dangereux fainéant dès votre retour chez votre employeur, m'entendez-vous ? Vous, descendez dans la crypte, et assurez-vous qu'il n'y a personne là-dedans. Cet imbécile de fossoyeur ne perd rien pour attendre, sacristi! Et bien, qu'attendez-vous pour descendre ces damnées marches, triple nouille? Vous voulez que je vous y pousse à coups de pied dans le postérieur, et que je fasse remblayer derrière vous? Ce sont vos funérailles que vous cherchez? Allez, pfut, pfut, ouste! En bas; et rendez-moi compte de vos recherches! Je vous laisse trois minutes avant de refermer les vantaux! Et…, mais qu'est-ce que c'est que cette excavatrice et cette pioche? Maudit soit-il! Quelqu'un a dû s'en servir, et découvrir notre cache! Prenez cette pioche, chevalier à la morte figure, ordonna la voix. Si vous trouvez quelqu'un en bas, liquidez-le, et mettez-le avec les autres. Quand vous tous aurez fini de remblayer, vous irez cacher ce matériel dans le manoir.

Troonh trouva assez d'énergie pour se s'emparer du couvercle de sa bière et la refermer. *«Il ne manque qu'un coup de pioche et quelques clous, et mon compte est bon…»*, soupira-t-il. De sa place, il pouvait encore entendre des pas dans l'escalier. Il récita un Notre-Père en son for intérieur. Dans quels draps s'était-il vautré? Il ouit distinctement des bruits de bottine marteler le sol. Le quidam ouvrit la porte de l'arrière-crypte, et s'en suivirent quelques minutes d'un silence interminable.

Le bruit de bottines revint; puis Troonh entendit l'homme gravir l'escalier.

- Il n'y a personne, madame, dit-il d'une voix chevrotante.

- Vous êtes sûr? répliqua la femme sur un ton de reproche. Vous avez exploré l'arrière-crypte? Avez-vous fouillé les bières? Quelqu'un a pu aussi bien s'y cacher, vous y avez pensé?

- Oui, oui, madame, j'ai sondé les bières une à une, mentit l'homme. Je vous promets qu'il n'y a pas âme qui vive...

- Évidemment imbécile, pfut, pfut, qu'il n'y a pas âme qui vive; comment voulez-vous? Vous avez déjà vu une résurrection? Puisque vous êtes si bête, tenez, pour le prix de votre sottise, prenez cette excavatrice, et hâtez-vous de remblayer. Vos collègues et moi-même nous contenterons de vous regarder faire.

- Bien, madame la...,

- Pas un mot de plus! Qu'alliez-vous dire, sacristi? Encore une gaffe comme celle-ci et je vous fais inhumer vivant. Je n'aurais pas de mal à déclarer votre absence, votre disparition, puis votre décès. Au travail!

Troonh repoussa le couvercle de sa bière et s'en extirpa. Il prit la mesure de sa situation. Que devait-il faire? Prendre le risque de crier au secours et de sortir? Mais que lui arriverait-il une fois dehors? La femme donnerait ordre aux croque-morts de le rejeter dans sa crypte et de le liquider à coups de pioche. Pire; ils pouvaient aussi bien s'épargner de répandre le sang en l'enterrant vivant. Troonh trouverait dans la crypte une mort atroce, à la hauteur de son imprudence. Il se sentait comme l'âne de Buridan. Affamé et assoiffé à part égale, entre une cruche d'eau et une botte de carottes; et se laissant mourir de soif et de faim, incapable de trancher quel besoin était le plus urgent. Il entendait ronronner l'excavatrice maintenant, et les lourdes mottes de terre s'abattre sur les vantaux. Il ne pouvait plus être découvert à présent. Mais se dit que son sort n'eut pas été pire davantage s'il eut été capturé. Le silence se fit rapidement. L'entrée de son tombeau devait être totalement recouverte à présent, car l'excavatrice s'était tue.

Troonh se rendit dans l'arrière-crypte pour s'épargner la vue sinistre des bières. Autant valait-il mieux, pour se livrer à ses ultimes cogitations, qu'il s'installât sur une caisse de livres. Il ignorait la durée de vie de sa lampe frontale. Puisqu'il n'avait rien d'autres à faire, il se mit à fouiller fébrilement chaque caisse de livres. Surprise! Il y découvrit sa commande; mais, en ouvrant d'autres caisses, quel ne fut pas son étonnement de mettre à jour... des Bibles de la Maison de Dieu! Il ne doutait plus des déclarations du juge à propos de feu son employeur. Mais comment avait-elle su? «Bon... *Je ne suis pas plus avancé...* », constata-t-il. «*Le plus urgent est de trouver le moyen de sortir de ce guêpier...*». Mais diable, pourquoi ne s'était-il pas rendu au premier commissariat de quartier pour y signaler les activités douteuses de la maison Bour&Loeil? Au lieu de quoi, il avait mis le petit doigt, puis la main entière, dans un sale engrenage. «*Je dois trouver une solution; comme disait un saint homme, Dieu a placé le remède à côté du mal. Suffit pour moi de garder mon calme, et d'être attentif. Voyons, voyons...*».

Il promena sa lampe frontale un peu partout, au hasard. *«Mais…, comment je respire? L'air aurait dû se raréfier depuis le temps, et ma maudite allergie se déclencher? D'où vient le renouvellement de l'atmosphère? Il doit y avoir une ventilation…».* D'instinct, il releva la tête, et orienta sa lampe frontale vers le plafond. Eurêka! Une grille! *«Elle doit s'ouvrir sur quelque chose. Je parierais pour une gaine de ventilation».* Il s'empara d'une caisse de livres et la traîna à l'aplomb de la grille. De là, il se hissa jusqu'à avoir le visage à sa hauteur. *«Il y a une gaine d'aération, il me vient du bon air frais. Elle doit mener quelque part, à l'extérieur. Si je parviens jamais à arracher ce fichu grillage, je pourrais me glisser dans la gaine, et crapahuter jusqu'à une sortie. Enfin… Il faut espérer que ça ne mène pas dans un cul-de-sac… Ou dans un cul de basse-fosse…».* La grille était tellement rouillée et branlante qu'il n'eut nulle peine à la desceller. Hourra! *«Du moins, ce n'est pas Alcatraz…»,* se dit-il en projetant le grillage sans ménagement. Immédiatement, ce ne fut plus une brise, mais une bourrasque de vent frais qui lui sauta au visage et qui envahit son tombeau. Ce qu'il avait cru être une gaine de ventilation était en réalité un étroit soupirail creusé à même la roche. La bâtisse et ses dépendances étaient fort anciennes et le système d'aération devait dater de leur construction originelle. *«Je vais rentrer dans ce boyau et ramper jusqu'au bout».* Il lui vint un dernier doute, car il lui sembla évident qu'il lui serait plus difficile alors de rebrousser chemin. *«Qu'à cela ne tienne, je ferai le chemin retour en crapahutant à reculons».* Mais il chassa de son esprit cette éventualité, car elle ne signifiait rien de moins que son arrêt de mort.

Ses quasi deux mètres rendirent aisée son escalade dans l'étroit soupirail. Une fois à l'intérieur, il n'hésita plus, et se mit à faire des mouvements de reptation. Le sol était caillasseux, mais sa combinaison d'ouvrier comportait des coudières et genouillères, semblables à celles d'une tenue de fantassin. Il lambina dans ce tunnel tortueux durant un temps qui lui sembla perpétuité. Plus il avançait, plus il avait l'impression que le passage se rétrécissait, jusqu'à se refermer derrière lui.

Puis, soudainement, le miracle espéré se produisit. Le soupirail prit de l'ouverture, et Troonh entrevit de la lumière; ou plutôt, un éclairage blafard. *«Elle est naturelle ou artificielle?»*, se demanda-t-il. Encore un effort, et il serait bientôt fixé. Il crapahuta deux ou trois mètres et le soupirail prit fin sur une large ouverture. Troonh s'en approcha prudemment et pencha sa tête à l'extérieur. Il découvrit une vaste cave, semblable à une salle d'armes du moyen-âge. Mais la vache! Le sol se trouvait sous lui à plus de trois mètres en contrebas ! Vu la largeur du soupirail, il lui était tout à fait impossible de se retourner. Il devait descendre tête la première. *«Trois mètres...»*, marmonna-t-il. *«J'arriverai en bas désossé au détail... Pour sûr...»*. Il fit quelques vaines tentatives pour se mettre à l'endroit. Peines perdues... Il jeta un ultime coup d'œil à l'aplomb du soupirail. De quoi était fait le sol? Il espéra en terre meuble, sans se faire d'illusions. *«Ca doit être des pavées ou de la caillasse de la mort»*. Il ôta sa lampe frontale pour mieux éclairer la cave. Hourra! Il y avait une porte; et, bien que close, la clé était restée sur la serrure. *«Il ne me reste plus qu'à me lancer... C'est le cas de le dire...»*. S'il s'en tirait, Troonh se promit d'aller prendre une cuite, en plus d'un délicieux repas. Il n'avait rien mangé ni bu depuis le salon de thé. Il remit son casque et l'enfonça profondément sur son crâne. En plus des genouillères et des coudières, il put espérer de se tirer vivant de ce précipice. Car il n'y avait plus à hésiter: il était bien question de se laisser chuter trois mètres plus bas. Troonh avança son buste hors du soupirail. Ne restait plus, dans le soupirail, que ses jambes et son bassin. *«Et puis merde...»*, s'exclama-t-il à voix haute, *«Banzai...»*.

Sa chute dura moins d'une seconde et il s'aplatit lourdement sur le sol. Il y resta quelques minutes sans bouger. Ses premiers gestes furent pour se palper le crâne, à la recherche d'une hémorragie ou d'un trou. Mais le casque avait vaillamment rempli son office. Comme il avait atterri sur le ventre, il se retourna et redressa le buste. A cette occasion, ses mains reconnurent que le sol était constitué de roches brutes. Il se chercha quelques contusions mais ne trouva rien. Il était indemne! Sa combinaison, ses coudières, et ses genouillères l'avaient bien protégé! Il fit un hosanna pour la Compagnie Urbaine d'Électricité.

Une fois sur ses deux grattes, il se dirigea à grandes enjambées jusqu'à la porte. Au dessus d'icelle, il put découvrir des claveaux en pierres taillées. Il n'était guère douteux que la porte occultait un couloir en plein cintre. La clé était en fer forgé avec un anneau en forme de cuisses de grenouille, surmonté de feuille d'Acanthe et d'un panneton en forme de vilebrequin. *«Cette clé a plus de trois siècles»*, se dit Troonh. *«Le bâtiment a dû être construit sur un ancien château-fort. J'ai bien de la chance de n'avoir point atterri dans une oubliette...»*. La clé tourna sans résistance dans la serrure et Troonh poussa la porte. Elle s'ouvrit en effet sur un passage en plein cintre, et Troonh s'y engagea sans hésiter. A l'évidence, ce ne fut pas un éclairage artificiel qu'il devina plus avant mais la lumière diurne. Après quelques pas, il déboucha sur une grande salle flanquée de vitraux. «*Je veux bien être maudit si ce n'est pas une ancienne chapelle...*», remarqua-t-il. Il avisa un maître-autel en pierres brutes orienté Est sous le chœur. Il se trouvait bien dans une vieille chapelle. En face, Troonh vit une porte d'entrée à double vantail. «*Si elle est verrouillée de l'extérieur, je l'ai dans l'os*», gémit-il à voix haute. Mais la chance lui sourit une fois encore. La clé était sur la serrure. Mais les portes étaient verrouillées, étonnement. Comment était-ce possible? Qui avait pu la fermer de l'intérieur? Et dans ces conditions, par où avait pu s'éclipser cette mystérieuse personne? Il ne perdit pas son temps à essayer de comprendre, mais s'attela plutôt à déloger le pêne de la gâche. La manœuvre s'avéra délicate car la totalité de la têtière était dans un état de rouille avancée, au point que quelques corpuscules de métal désagrégé s'en détachèrent au cours de l'opération.

Heureusement pour Troonh c'était une serrure externe; en sorte qu'il pouvait voir que le pêne dormant était engagé de quelques millimètres seulement dans la gâche. Après quelques efforts, le pêne se mut de manière sporadique, assez toutefois pour sortir de la gâche. Triomphant, Troonh put enfin mouvoir les battants monumentaux.

Ils s'ouvrirent sur un vaste parvis et Troonh s'y avança comme un juste marié. Ne lui manquait plus que les poignées de riz... Il était décidé à ne point demander son reste, et se dirigea vers le camion de la CUE. Il le retrouva vite, et prit le chemin de la ville sans coup férir. Il était bien décidé à se rendre au premier commissariat qui se présenterait, pour confier l'affaire à la police. Sans doute même se rendrait-il chez la juge. Ensuite, il reprendrait son travail de colporteurs de livres religieux, c'était sûr. Comme son employeur avait trépassé, il se crut libre de garder la totalité de l'acompte de son client. Le temps de trajet jusqu'en ville fut nettement plus court que celui de nuit. Il n'hésita point à courir des risques considérables sur la route. Mais il était bon chauffeur, après des jours à conduire de lourds corbillards. A mesure de sa progression, il s'aperçut que le corbillard Bour&Loeil avait emprunté de nombreux détours pour se rendre au pensionnat. *«Sans doute pour éviter qu'on le suive»*, se dit-il. Il obliqua dans des chemins de traverse qu'il connaissait parfaitement. Alors qu'il lui eut fallu presque deux heures à l'aller, il fit son entrée en ville après une seule. Il décida de ne pas se rendre vers l'avenue Coupe Jarret, et opta pour abandonner le camion rue des Morticoles. Sa disparition avait dû être signalée depuis un moment. Il avisa une impasse isolée et y engagea le camion. De là, il ôta son bleu qu'il balança sur le plancher, ouvrit prudemment la portière, quitta l'habitacle et s'éloigna prestement. La magistrate n'avait-elle pas fait preuve d'indulgence envers lui? Ils étaient voisins en plus. Troonh se dit qu'il trouverait chez elle une meilleure écoute qu'auprès de la police. Chaque commissariat pouvait retrouver trace de son interpellation et de ses auditions par la criminelle. De là à se retrouver en face du commissaire et se faire étudier la glotte, non merci, se dit-il. Avant que de se rendre au tribunal, il décida de faire un crochet par son domicile, histoire de faire un brin de toilettes, de se changer et d'être par ainsi plus présentable devant la juge.

Arrivé impasse Blauque, il vit la fille de la juge qui tenait son matou dans les bras. Le greffier fut le premier à voir Troonh, et s'échappa des bras de la fillette.

- Gardavu! Reviens ici, saleté de chat! s'exclama-t-elle. Puis avisant Troonh. C'est encore toi, espèce de zombie qui a fait peur à Gardavu? S'il ne revient pas je te dénoncerais à mon copain le commissaire!

- Tu veux que j'attrape ton minou ma toute belle?

- De quel minou parles-tu, espèce de vieux Sade?

- Mais... tu ne m'as pas compris poupée. Je peux courir après Gardavu si tu veux, et le rattraper assurément. J'ai de grandes jambes.

- Ma mère veut te voir, elle te cherche partout. Elle te soupçonne d'avoir volé un camion.

- Un camion ...? dit Troonh, interloqué.

- Yes. Un inspecteur de la pizzéria de la rue Morbonde t'a vu l'autre soir dans un camion de la compagnie électrique. Ma mère t'a fait mander chez toi par la judiciaire. Comme t'étais pas là, les flics ont laissé une convocation dans ta boite à lettres...

Troonh restait hébété et sans voix.

- Ah..., dit-il finalement, en rentrant dans son immeuble. Il se dirigea jusqu'à sa boite à lettres, et y trouva la convocation. Il l'ouvrit.

«Se présenter muni de la présente convocation au tribunal sous quarante huit heures. Objet : affaire vous concernant».

Troonh mit la convocation dans sa poche, et rentra chez lui, piteux. Là, il se débarbouilla sommairement le visage, la nuque et les aisselles, à l'évier de sa kitchenette, car il n'avait point de salle de bains, et toilettes et lave-mains étaient sur le palier. Ensuite de quoi, il ouvrit son armoire pour passer une chemise et son vieux costume. Il s'étudia devant le miroir puis se décida à enfiler sa vieille redingote lustrée par la crasse et quitta son réduit.

Pour être sûr de se présenter frais devant la magistrate, il se décida pour un taxi. Vingt minutes plus tard, le rongeur le déposa devant l'imposant palais de justice. Troonh prit quelques minutes pour manger un sandwich et boire une bière à la buvette du tribunal. L'idée lui vint de partir sans payer comme de coutume, et de rafler sur le comptoir la menue monnaie. Mais il renonça tout de suite à cette irrépressible tentation qu'il jugea inconséquente. Et il gravit les deux étages qui le menait jusqu'au bureau de la juge.

Il vit un huissier devant la porte à qui il remit sa convocation. Puis il s'assit sur un banc. Il avait jugé que c'était là une chic idée d'avoir acheté un sac de nounours à la guimauve pour offrir à la fille de la magistrate. Pendant son attente, l'huissier le regarda d'un œil torve. Il s'écoula dix minutes puis Troonh vit surgir la tête de l'huissier par la porte entrebâillée.

- Affaire Troonh! lança le greffier.

Troonh se leva.

- Si môôôôssieur veut bien se donner la peine d'entrer, dit l'huissier sur le ton exagérément obséquieux et déplacé d'un chasseur de palace. Madame la juge va vous recevoir, môôôôssieur!

L'huissier s'effaça pour laisser passer Troonh; et lorsqu'il eut pénétré assez dans le cabinet, restant planté en son milieu tel un champignon sur la moquette vermillon, crasseuse, et élimée, le greffier referma la porte. Troonh estima mal venu de s'asseoir avant que d'y être invité. La juge avait chaussé des lunettes et semblait perdue dans ses kilos de paperasse. Finalement, elle redressa la tête et vit son comparaissant.

- Tiens, par exemple... Ha ça, mais c'est Monsieur Emile Troonh? Mais... Qu'est-ce qui vous conduit donc par ainsi jusqu'au bureau du juge? Il vous avait laissé libre pourtant, l'en souviens-t-il. Avez-vous des éléments nouveaux à porter à la connaissance de l'institution judiciaire? Mais qu'est-ce que c'est que ça que vous tenez à la main? Un sac de nounours à la guimauve! Par exemple! C'est pour moi? Comment avez-vous deviné que c'est là mes friandises préférées? Donnez-moi ça monsieur Troonh et débarrassez-vous de votre manteau, nous avons à nous parler. Greffier, prenez ce manteau et ne restez pas là comme une potiche! Qu'est-ce qui m'a fichu un zigue pareil! Et l'huissier!... Maudit soit-il celui-là aussi, ce kooooommunist!... Espèce de gratte-papier soviétique, incapable de prendre une initiative, cet apparatchik! Ne croyez-vous pas que c'était son travail, à ce planton besogneux, de vous départir de votre manteau et de vous introduire? Sinon, à quoi sert-il ce syndicaliste, pfut pfut, le juge vous le demande... M'enfin... Mais prenez place, mon bon monsieur Troonh; prenez vos aises, retrouvez vos esprits et dites au juge ce qui vous a conduit par devers lui, dit-elle en entamant le sac de nounours.

Le greffier remit à la juge la convocation de Troonh.

- Mais... Ca par exemple ! s'exclama-t-elle en lisant le document. Qui prend donc de telles initiatives? Damned! Le juge se remet, nom d'un petit bonhomme! C'est cet âne bâté de commissaire de la glotte!... Hooouuu, lui aussi, le juge devrait requérir sa mutation d'office dans l'intérêt du bon fonctionnement de l'administration... Oups, ajouta-t-elle en retournant la convocation, faites excuses, c'est la signature et le tampon du cabinet du magistrat... Il ne savait point; ou alors, il a oublié. Hé Hé. Greffier, serait-ce un effet de votre volonté décidément récalcitrante, ou devrait-il dire, de ce qui vous reste de sens du service public, de regarder dans le dossier Troonh? Pour rappeler à votre chef ce pourquoi elle l'a convoqué? Ne vous inquiétez pas monsieur Troonh, un coup de déprime... Le juge n'est secondé que par des cossards...

- Vous avez lancé ce mandat de recherche et d'amener par le truchement du commissariat du quartier Morbonde-Croupante, dit le greffier. Sans doute la personne mandée était introuvable et la judiciaire aura déposé ladite convocation dans la boite à lettres du comparaissant.

- Ne bassinez pas le juge avec votre absconde et indigeste logorrhée juridico-verbale. Pour qui vous prenez-vous, à la fin, cauchemar de mes nuits, à tenter de parodier le juge? Le juge aussi peut faire étalage de vocabulaires juridiques. Et pourtant il reste modeste et se tient à portée du justiciable. Mais finalement tenez, il n'y résiste pas: Actori incombit probatio, commença-t-elle d'une voix chantante. Nemo plus juris ad alium transfere potest quam ipse abet! Non bis in idem! Nemo legem ignorare censetur! Dura lex sed lex... A voilà qui lui rappelle la faculté de droit...

Pendant ce temps, elle sautillait autour de son bureau comme un pou à la marelle.

Quand elle eut liquidé son sac de nounours, elle s'assit et plongea le nez dans le dossier Troonh. Elle resta comme ça immergée dix minutes dans le montagneux dossier. Il sembla à Troonh qu'elle était incapable de retrouver le motif de sa convocation.

- Madame la juge, hasarda Troonh, pendant que vous cherchez, je crois utile de vous exposer quelques événements nouveaux et inattendus.

- Faites, faites, dit la magistrate, sans renoncer à ses laborieuses explorations.

- Et bien voilà, commença Troonh, je ne sais pas bien comment présenter les choses en restant clair.

- Ne vous préoccupez pas de cela, dit la juge. Il est loisible au juge de faire deux choses à la fois. Il vous écoute. Greffier, veuillez prendre note des déclarations du sieur Troonh.

- Figurez-vous, madame la juge, que j'ai découvert un curieux trafic auquel se livre la maison funéraire Bour&Loeil.

- Voyez-vous cela, dit la juge qui interrompit l'exploration du dossier, et releva les yeux vers Troonh.

- En effet. J'étais avant-hier soir dans l'avenue Coupe Jarret, face à l'établissement Bour&Loeil. Quand j'ai vu certains personnels de cette maison charger dans un corbillard une bien étrange cargaison...

- S'agissait-il d'un mort? demanda la juge. De plusieurs? Le service public de la justice a eu vent que cette satanée maison convoyait plusieurs morts en même temps.

- Que nenni madame la juge. Il s'agissait de livres. Que les croque-morts de Bour&Loeil sortaient des locaux à l'aide d'une poubelle sur roulettes.

- Kouaaa? Des livres? Mais des livres de quoi saperlipopette? Que faisaient donc des croque-morts avec des livres?

- Ce qu'ils en font reste à découvrir. Mais il s'agissait bien de livres. Et pas qu'un peu, encore. Il devait bien y en avoir cent kilos.

- Mais… Ces bouquins, mordieu, les ont-ils transportés? Le juge imagine que oui. Pourquoi avec un véhicule funéraire? Et pour quelle destination?

- Ils les ont convoyés en effet; et je sais où. J'ai suivi ce véhicule.

- Et où vous a conduit votre filature? Vous notez greffier espère le magistrat?

- Vous n'allez sans doute pas me croire. J'ai filé le corbillard jusqu'au vieux pensionnat sur la route menant à la décharge de la Vésicale.

- Poursuivez, dit la juge dont le regard devint torve et soupçonneux.

- Quand le véhicule est arrivé nuitamment au vieux pensionnat, ses passagers ont déposé leur marchandise dans une cache secrète. Souterraine.

- Une cache souterraine…? Mais comment sont-ils entrés dans le vieux pensionnat, ces James Bond? Le site est sous scellés depuis des années, et plusieurs chaînes solidement cadenassées ont été apposées sur les deux portails d'entrée, en plus des scellés judiciaires. Vous êtes certain d'avoir personnellement constaté ces faits? Et d'abord, vos sens ne vous ont-ils pas trompé la nuit? Pouvez-vous confirmer qu'il s'agissait là du vieux pensionnat? Greffier, le juge vous redemande de noter scrupuleusement, et par le menu, toutes les déclarations, et rien que les déclarations du sieur Troonh. Si par extraordinaire vous omettiez le moindre détail, il fera contre vous une réquisition du parquet, aux fins de vous poursuivre pour complicité aux croque-morts, et dissimulation de preuves.

- Et pourtant, madame la juge, le corbillard et son équipage y sont entrés. Je n'ai pas eu loisir de vérifier l'état des fermetures.

- A présent, venons-en à une autre question, je vous prie. Par quel moyen de locomotion les avez-vous filés?

- Mais…, madame la juge, avec mon auto, répondit Troonh avec aplomb.

- Té donc, vous avez une automobile, sieur Troonh? Le ton de la juge était devenu glacial. Il est vrai que vos activités commerciales ont dû être suffisamment lucratives… Et où se trouve-t-il à présent votre véhicule? Le peu que le juge et sa choupinette vous aient vu, vous vous déplaciez sur vos abattis.

- Comme j'ai perdu mon emploi à la suite du drame, je l'ai rendu au garagiste qui me l'avait vendue.

- Voyez-vous cela…, rétorqua la magistrate d'un ton encore plus soupçonneux. Bon, bon, bref, bref, ce n'est pas l'essentiel. Le juge a bien envie de se transporter sur les lieux avec une brigade de recherches cynophile… Mais… tout autre chose monsieur Troonh; il lui souvient à présent pourquoi il vous a convoqué… La police judiciaire a interpellé la vieille meurtrière de la rue Morbonde. Passé à la côtelette par la police criminelle, elle a tout avoué. La gredine a liquidé votre ancien employeur pour se venger du vol de ses bijoux et d'avoir été laissée pour compte presque occise. La scélérate dort depuis hier soir en préventive. La police criminelle l'a appréhendée chez son épicier... Elle achetait du vin et des carottes... Elle doit être pocharde cette bougresse... Pour l'heure, elle s'obstine encore à nier certains détails, comme celui, par exemple, de griveler depuis des années les mastroquets de cette ville. Mais le magistrat et ses hommes finiront par lui faire cracher le morceau, à cette pendarde. Le juge a besoin de ses aveux dans ce bureau. Il pensait à une confrontation entre elle et vous pour savoir si vous vous connaissez et si, par hasard, elle ne vous aurait pas occasionné un préjudice. Vous pourriez vous constituer partie civile. Vous n'avez pas de vieillards au nombre de vos relations, monsieur Troonh? Et vous n'avez rien contre cette confrontation?

- Eeeuuuhh..., nán...

- Parfait. Elle sera faite ici même en la présence de ce crétin de commissaire de la glotte. Tant que le juge n'a pas son scalp accroché dans son bureau, à celui-là, il conserve son poste de commissaire à la criminelle, en charge de l'affaire Morbonde, hélas. En attendant, le juge vous fixe rendez-vous ici même demain à neuf heures, Emile Troonh. Nous irons au pensionnat, accompagnés du greffier et du commissaire de la glotte. Greffier, appelez tout de suite l'intendance pour réserver une voiture et un chauffeur.

- Je n'aurais pas de mal à obtenir une voiture, soupira le greffier en décrochant le combiné. Mais... pour un chauffeur... cela risque d'être compliqué madame la juge...

- Ca par exemple; et pourriez-vous lui dire pour quelles raisons, chevalier à la morte figure?

- C'est que madame la juge tout le palais en réclame. Beaucoup de magistrats ne savent pas conduire...

- Voyez-vous cela? Voilà qui est plaisant; mais comment s'en étonner... Ils ne savent pas conduire, ces Bozzos le clown? Notez, monsieur Troonh, s'ils n'avaient à leur passif que cette seule incompétence... Il est de notoriété publique dans ce palais que la magistrature debout est nommée sur intervention des politiciens locaux. Et leur seule œuvre, à ces mafiosi, est de peser de tout leur poids sur la chambre d'accusation pour faire invalider les ordonnances du juge d'instruction les plus finement motivées. Et de protéger, du même coup, leurs amis coquins. Un renvoi de monte-charge, en quelque sorte... Monsieur Troonh, le juge ne vous retardera pas davantage, dit-elle en se levant. Il vous attendra demain ici à neuf heures pétantes. Greffier, rendez son manteau à notre témoin et raccompagnez-le. Au passage, le juge vous demande, greffier, d'aller dire son fait à ce scribouillard d'huissier. Vous prendrez le temps de dire à ce budgétivore que s'il ne revient pas rapidement aux tâches qui lui incombent, le magistrat instructeur lui fera un rapport disciplinaire.

Une fois Troonh et le greffier sortis, la juge prit son téléphone. Après quelques minutes, elle parla à son correspondant.

- Pfutt, pfutt, évidemment que c'est moi, qui voulez-vous que ce fût? Savez-vous que vous avez été suivis, sinistres andouilles ? Je vous donne la nuit pour aller déplacer ce que vous savez. Sinon, je fais mettre sous scellés votre fichu commerce d'empailleurs, espèce de michetons.

Elle reposa sèchement le combiné, alors que le greffier revenait.

- Il a été fait suivant vos instructions, madame la juge. Si vous aviez vu comme je lui ai secoué le pompon. Houlala... Mazette...

- Vous n'êtes pas drôle; épargnez au juge votre vaine jactance. Appelez-lui plutôt ce roussin de commissaire et mandez-le d'être demain neuf heures devant ce fichu palais avec une brigade cynophile. Nous allons faire une battue au pensionnat, vous serez de la partie. Et confirmez cette requête de perquisition par mail. Vous aussi soyez-là. Si vous jouez au juge un tour à votre façon, vous accompagnerez l'huissier en commission de discipline. Greffier, vous veillerez également à me convoquer cette matamore de Marguerite je-ne-sais-trop-quoi pour la confronter au sieur Troonh en ce bureau. Ne la convoquez pas dimanche comme vous en avez trop souvent la sale habitude; pour chagriner le juge...

- Madame la juge, se défendit le greffier. Comment pouvez-vous imaginer que je puisse jamais vous lâcher dans un moment pareil? Et en plus, moi aussi j'ai envie de prendre l'air. Je prendrais l'ordinateur portable pour le procès-verbal.

- Pfutt..,pfutt...

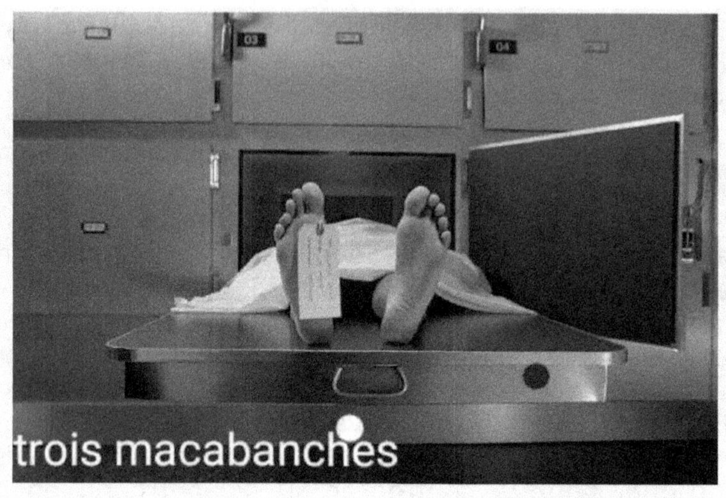

Troonh était bien décidé à reprendre son travail pour la maison de Dieu. Tous ces soucis n'étaient pas faits pour lui décidément, et il préférait son ancienne condition de paria. Trois jours avant, il avait jeté son cartable dans une benne à papier. A peine hors du tribunal, il décida d'aller dans le quartier Bourgnôle avec l'espoir de le récupérer. Troonh n'avait pas grand chose à craindre, car la vioque croupissait en cellule, et personne ne l'avait vue sortir de l'immeuble le jour de son agression. Une question le tortillait toutefois : comment allait-il se réapprovisionner en bibles, puisque le présumé propriétaire de la maison de Dieu était mort rue Morbonde? Si la juge avait raison, c'en était fait de ses activités. Et les stocks de Bibles étaient enterrés dans la crypte du pensionnat. Demain matin, la juge et ses limiers allaient les saisir et les placer sous scellés, pour le bien de l'enquête. Maudit soit-il! Pourquoi n'avait-il pas profité du camion de la CUE pour collecter le précieux stock de livres? Il lui vint qu'il avait du temps assez pour retourner la nuit prochaine au pensionnat. Le camion n'avait probablement pas été retrouvé par la maréchaussée. C'était décidé; après la rue Bourgnôle, il retournerait récupérer les livres, qu'il considérait déjà siens. Il les stockerait dans sa cave et son logement, en attendant de louer un garage.

Il arriva rue Bourgnôle, et reconnu la benne. C'était une benne de camion à bascule. Il l'escalada sous le regard indifférent des passants. Il put découvrir qu'elle était pleine jusqu'à la gueule, mais garda l'espoir d'en désenfouir sa sacoche. Pour cela, il n'avait pas le choix: il devait rentrer franchement dans la benne. Avec ses longues gambilles d'opilion, il n'eut aucun mal. Comment fouiner une benne de plusieurs mètres cubes? Il ramassa du papier à grandes brassées, et les projeta sans ménagement les unes après les autres sur la chaussée. Ses recherches ne furent pas longues. Dix minutes plus tard, il entrevit une protubérance marron. Eurêka! C'était elle! Il en fut tout bouleversé. Il se jeta tête en avant dans les détritus et s'en empara. Dans son enthousiasme, il la souleva au dessus de sa tête, comme Moïse le Pentateuque. Il se mit à chanter un Hallelujah qu'il avait entendu un jour à la radio:

J'ai entendu qu'il y avait un accord secret!

Que David jouait et cela plaisait au Seigneur!

Le roi déchu compose l'Alléluia!

Puis il bondit hors de la benne avec son précieux trésor.

Après quelques minutes de jubilation, il prit le chemin de son domicile. L'impasse Blauque n'était qu'à une enjambée, et il fut là en moins de dix minutes. Une fois sur place, son unique souci fut d'éviter sa démoniaque concierge. Il craignit qu'elle le sollicitât encore pour ses arriérés de loyers, qui s'accumulaient. Pire, elle pouvait être porteuse de mauvaises nouvelles, cette guichemarde. Troonh lanterna presque une heure au coin de sa rue, car il connaissait les horaires de la bignole, et voulut attendre le crépuscule avant que d'entrer dans l'immeuble. Quand il vit les lumières de la loge s'allumer, il comprit que la bignole avait fini sa journée. Il alla jusqu'à son immeuble et en franchit le vestibule sans hésitation. De là, il gravit l'escalier jusqu'à son réduit. Ce fut pour lui presque une joie de le retrouver, une ivresse. Sa première idée fut de téléphoner aux réclamations pour changer de numéro, et demander à ne plus figurer dans l'annuaire. Ensuite de quoi, il glandouilla, en attendant la nuit. Il prit machinalement un volume biblique dans son cartable et l'ouvrit au hasard.

Troonh tomba sur Proverbe 16:33 :«*On jette le sort dans le pan de la robe. Mais toute décision vient de l'éternel*». Qu'était-ce à dire? Si toute décision venait de l'éternel, qui alors avait commis le péché originel? Évidemment pas Adam et Eve; puisque, de l'aveu de la Bible, Dieu décidait de tout. C'était donc Dieu soit même qui avait commis le péché originel par le truchement du couple premier. «*Le félon*», pensa Troonh. Ces vacheries divines ne lui convinrent pas, et il referma le volume, puis le rouvrit. Proverbe 16v4:

«L'éternel a tout fait pour un but; même le méchant pour le jour du malheur».

«Mais… c'est totalement saugrenu», se dit Troonh. *«Dieu a fait le méchant à présent»*. A Dieu ne plaise qu'il se bornât seulement à colporter ces sottises, se dit Troonh… Il avait tant vendu de ces Bibles qu'il en connaissait tout le galimatias. *«Et ce passage»*, se dit-il. *«1 Rois 22v29-38, un monument de stupidités: Achab se déguise en allant au combat pour passer inaperçu; mais un soldat ennemi tira une flèche au hasard et frappa le roi au défaut de la cuirasse»*. Puisque chaque événement, même le plus hasardeux comme ce tir de flèche, était décidé par Dieu, à quoi servait aux hommes de vouloir bien ou mal faire? Si le méchant était né tel pour servir les desseins de Dieu, qu'est-ce que la divinité lui reprochait à la fin? Et quel mérite avait-on jamais à faire le bien et s'efforcer à une vie vertueuse? Dans ces conditions, c'était la perfectibilité et la volonté elles-mêmes qui étaient, dès l'origine, déniées à l'homme, par son propre Créateur. Le bien et le mal étaient également décidés par Dieu, qui faisait ensuite grief à ses créatures d'accomplir des péchés auxquels Il les avait pourtant Lui-même destinées. Dès lors, le paradis, l'enfer, les récompenses, les punitions, le vice, la vertu, et même la justice, n'avaient plus de sens. C'était mettre Pol Pot et Sainte Thérèse de Lisieux sur un pied d'égalité; tous deux accomplissant les décisions initiales de leur Créateur. Troonh se dit que ce plan divin était le plus cauchemardesque qu'on eut pu ourdir, à part celui vraiment diabolique de l'Al Koran. Bref, neuf heures approchait.

Il se décida à sortir pour aller récupérer le camion de la compagnie d'électricité. Mais il lui fallait passer devant le redouté édicule de la bignole. Il se dit qu'elle devait être couchée à cette heure, car elle commençait tôt sa journée. Aussi il n'hésita pas, et descendit les trois étages qui le séparaient du rez-de-chaussée. Il n'y avait plus de lumière dans la loge de la bignole, et il put s'éclipser.

Il lui fallut trente minutes de marche pour se rendre jusqu'au camion, rue des Morticoles. Comme il l'avait prédit, il était toujours en stationnement dans la ruelle déserte où il l'avait abandonné. Personne n'avait dû y prêter attention. Il pénétra dans l'habitacle, s'empara du bleu de travail et l'enfila. Puis il activa le démarreur. Il vérifia la jauge de carburant : elle indiquait la demie. *«Assez pour ce que j'ai à faire»*, se dit-il.

Comme il connaissait parfaitement la ville et ses alentours, il fut sur la route de la Vésicale après dix minutes seulement. De là, il opta pour des chemins de traverse. Confiant, il osa même s'aventurer sur d'étroits chemins forestiers pour gagner du temps. L'opération ne fut pas sans risques car il rencontra plusieurs carrefours qui le firent hésiter, en plus de passages ravineux et glissants. Mais le courageux camion se joua de tous les obstacles. Troonh risqua plusieurs fois de s'égarer, mais son instinct fut pour lui un guide qui s'avéra fiable. Après un temps record de cinquante minutes à travers la forêt, il parvint au vieux pensionnat. Pour ne pas perdre de temps, il décida de rentrer le camion par le portail principal. Qui pouvait venir maintenant? Les convoyeurs devaient être assurés de leur coup. Personne ne viendrait avant le lendemain matin. Toutefois, il devait faire vite. Et d'abord retrouver la maudite excavatrice et les pioches, dont s'étaient emparées ces coquins, pour l'ensevelir vivant. Il orienta le camion vers la bâtisse principale et l'inonda du feu des phares et des projecteurs additionnels. Le matériel devait s'y trouver. Il ne fut pas longtemps à explorer l'édifice. Il découvrit le précieux équipement au rez-de-chaussée du bâtiment. Une fois récupéré, il orienta les feux du camion vers le monticule de terre, fraîchement déposé sur l'entrée de la crypte, et se mit à l'ouvrage. La vaillante excavatrice fut prompte à dégager les vantaux. Troonh les ouvrit en grand et descendit les marches. Il y retrouva intact le précieux dépôt. Vite, il se saisit d'une caisse de Bibles qu'il porta jusqu'au plateau du camion. Puis les autres, une par une. Il y en avait sept; tout de même, il y avait de quoi faire. Ensuite de quoi, il fut plus prompt encore à refermer les vantaux et à les recouvrir. Peu après minuit, l'affaire était pliée. Quand il fut certain qu'il ne risquait point de perdre en route son précieux chargement, il reprit le chemin du retour.

Il emprunta la route cette fois, pour éviter de semer son chargement sur les chemins forestiers. Moins de deux heures plus tard, il parvint en ville, et s'orienta vers l'impasse Blauque. Le hasard voulut qu'elle fût en pente douce. Il put couper le moteur et y engager le camion à reculons, et en roues libres. L'éclairage public fut suffisant pour qu'il déchargeât en toute sécurité sa marchandise. L'opération fut longue et laborieuse. Il dut prendre mille précautions pour ne pas réveiller la bignole, en plus de monter des caisses chez lui, au troisième étage. Il put y entreposer quatre caisses, et dut descendre les trois autres dans sa cave. Quand il eut achevé son déchargement, il redémarra le camion, et s'en fut l'abandonner dans la rue des Morticoles, à côté de la clinique du même nom. Cette fois encore, personne ne le remarqua; et il reprit le chemin de l'impasse Blauque. Il était trois heures quand il clos la porte de sa souillarde. Il mit son réveil à huit heures, se laissa choir tout vêtu sur son grabat et s'endormit au milieu de ses caisses.

Troonh se réveilla le lendemain, épuisé. Il avait tout juste le temps de prendre son petit déjeuner au mastroquet du coin avant que de gagner le tribunal. Comme à son habitude, il y absorba un grand café, et un maximum de croissants, et s'éclipsa en prétextant d'aller aux toilettes. Pour la deuxième fois depuis belle-lurette, il s'offrit un taxi sans abandonner l'espoir de ne point raquer la course. Quand le rongeur s'arrêta devant le palais, Troonh tendit au chauffeur un billet de cinq cents francs. Son espoir ne fut pas vain, car le chauffeur lui dit n'avoir pas de monnaie. Troonh lui demanda d'attendre devant le tribunal, le temps pour lui de s'en procurer à la cafétéria; et pour finir de le mettre en confiance, se recommanda du juge d'instructions.

A neuf heures pétantes, Troonh se fit annoncer au juge par l'huissier. La magistrate était dans son bureau, en compagnie du commissaire.

- Monsieur Troonh, quelle joie de vous voir, dit la juge en venant à sa rencontre. Il n'est pas nécessaire de vous présenter au commissaire. Pfutt pfutt, vous connaissez ce spécimen et ses méthodes ridicules…, ajouta-t-elle avec un geste de mépris. Comme nous n'avons pas de chauffeur, le commissaire conduira, mon greffier prendra place à l'avant; et vous, à l'arrière avec le juge, où nous pourrons deviser de cette affaire extravagante. Il est inutile d'en expliquer quoi que ce fût à monsieur le chevalier de la glotte, il n'y comprendrait rien... Hé, hé. Vous êtes près, monsieur le greffon? dit-elle à l'adresse du greffier. Et vous, commissaire, où est votre brigade cynophile?

- Je suis fin près madame la juge, répondit le greffier un peu vexé. J'ai mon ordinateur portable; et le dossier.

- Un groupe cynophile de trois chiens et un peloton de gendarmes de vingt hommes nous ont précédés sur site, dit le commissaire en se palpant la pomme d'Adam. Tout est près pour une bonne battue, Crédieu. On va bien s'amuser.

- Vos triples andouilles de gendarmes ont-ils songé à s'équiper d'une tractopelle?

- D'une tractopelle madame la juge? **Mêêêê**...

- Vous avez omis une tractopelle, monsieur de la pomme d'Adam? fulmina la magistrate. M'enfin, c'était là le plus important!... Selon les informations fournies par Emile, vos hommes vont devoir retourner des mètres cubes de terre. Vous comptez le faire avec votre langue, bougre d'andouille?

- **Mêêêê**... C'est que... madame la juge..., bafouilla le commissaire.

- **Mêêêê**. Vous ne trouvez rien d'autres à dire que ce bêlement? Le juge n'est entouré que de rond-de-cuir staliniens..., lâcha la magistrate. Dans ces conditions, vous et vos gendarmes creuserez à la main... **Mêêêê**, ajouta-t-elle en faisant un clin d'œil entendu à Troonh. Suivez-moi cher Emile, nous avons à retourner de la terre, et à violer des sépultures. Hé, hé.

Le greffier n'avait pu trouver qu'un vieux cube Citroën ayant appartenu à la gendarmerie, abandonné en panne sur le parking du palais. A force de bidouillage, le mécanicien avait réussi à le faire démarrer. Ils prirent la route. Et le commissaire s'y traîna à trente kilomètres-heure. Le greffier avait pu trouver deux pelles au service technique du tribunal.

- Mais dites-nous commissaire de la pomme d'Adam, dit la juge en donnant du coude à Troonh, que ne vous êtes vous procuré un véhicule chez Bour & Loeil au lieu de ce fichu tombereau?

Ils se traînèrent tout au long et parvinrent sur site trois heures plus tard. A leur arrivée, il n'y avait personne. L'équipe cynophile s'était lassée d'attendre, et avait plié bagage. La juge entra dans une fureur absolue, et agressa le commissaire d'un sévère coup de cartable.

- Utilisez votre téléphone et rappelez-moi ces ronds de cuir! lui intima-t-elle le moment suivant, légèrement calmée. Le juge parierait que vous avez sciemment négligé de prévenir la brigade de recherches. Soyez maudit, triple buses! En attendant qu'elle soit sur place, vous et ce maudit greffier prendrez les pelles à l'arrière de cette catacombe roulante, et vous creuserez. Monsieur Troonh, ayez l'amabilité de guider le juge et ces deux fossoyeurs jusqu'au lieu-dit.

- Kouaaa? s'écria le greffier. Madame la juge, vous n'y pensez pas, je suis greffier hors classe, il n'est pas prévu dans mon statut de jouer aux archéologues. Pourquoi ne demandez-vous pas au témoin de mettre la main à la pâte? Après tout, bougonna-t-il, de témoin à suspect il n'y a que la portée d'un article du code de procédure pénale...

- Vous osez évoquer le code de procédure pénale devant le seul agent public ayant autorité pour cela!!? Et bien, mortecouille, laissa-t-elle échapper au paroxysme de la colère, en vertu de l'article 60-2 de ce code, dont vous ne comprenez décidément même pas le titre, le juge vous requiert de prendre une pelle et de creuser ce monticule. Le commissaire de la glotte vous assistera en application des mêmes dispositions. Ouste! Au travail, ou le juge vous posera lui-même les bracelets! Et il se chargera de remplir le procès-verbal des premières constatations.

- Oh ça c'est un comble! s'exclama le greffier. C'est décidé; en rentrant au palais je demande ma mutation!

- Pfuit, pfuit, vous entendez cela, Emile, se gaussa la magistrate. C'est un comble... Notre greffier fait de l'humour involontaire.

Ils descendirent tout quatre du Cube, et le greffier et le commissaire se saisirent chacun d'une pelle, la mort dans l'âme, et humiliés. Ils commencèrent à déblayer là où Troonh le leur indiqua. Pendant ce temps, la magistrate se tenait assise sur le marchepied de la camionnette, et saisissait le procès-verbal sur l'ordinateur.

- Vous n'avez pas même pensé à amener des casse-croûtes, sombres scribouillards, se plaignit la juge en prenant Troonh à témoin. Le juge se demande comment il a assez de sens du service public judiciaire pour ne point aller se sustenter en vous laissant trimarder. M'enfin...

Après deux heures de travail intense, ils mirent au jour les vantaux. Les deux hommes les soulevèrent et l'affreuse odeur de saumure et de formol leur jaillit aux narines. Quand elle se fut entièrement dissipée, la juge ordonna au commissaire et au greffier de la précéder dans l'escalier. Elle demanda à Troonh de la tenir par le bras pour y progresser. Parvenu dans l'hypogée, elle se dirigea vers chacune des trois bières et flanqua un à un leur couvercle au sol, sans ménagement.

- Mais…, dirent en chœur le commissaire et Troonh, c'est le cadavre de la rue Morbonde! Ca par exemple, comment est-il arrivé là?

- Comment cela, dit la juge, le cadavre de la rue Morbonde? Mais qu'est-ce donc que cette énième négligence? demanda-t-elle au commissaire. Le juge croyait que la police avait emmené ce mort au service d'autopsie judiciaire? Vous avez une explication à ce miracle, commissaire de la pomme d'Adam? Ou le cadavre se serrait-il relevé d'entre les morts, tel Jésus?

- Mêêêê, je vous assure madame le juge que j'ai laissé la victime aux soins du médecin légiste quand j'ai quitté la rue Morbonde avec monsieur Troonh pour vous le déférer, sur votre réquisition… Ce maudit morticole aura quitté la pizzéria sans demander qu'on transportât le cadavre à la morgue… C'est tout à fait incroyable que ce cadavre se soit baladé sans surveillance dans la nature et que ce damné pousse-seringue fût à ce point protégé par son statut, jusqu'à l'impunité. Délivrez-moi un mandat d'amener, madame la juge, et j'arrêterai ce malandrin devant tout le monde dans son laboratoire, s'il le faut. Pour lui flanquer la rchouma.

- Le juge se demande si vous-même ne vous seriez pas laissé graisser la patte par la pendarde de la rue Bourgnôle pour dissimuler cet élément de preuve… Greffier, notez tout cela, ça ne se passera pas de cette manière. Commissaire de la glotte, tant que vous n'êtes pas encore radié des cadavres…, euh, je veux dire des cadres, regardez dans les deux autres cercueils, et dites au juge si ces gugusses vous évoquent quelqu'un que vous connaîtriez.

Le commissaire s'exécuta.

- Nan, rien, dit-il. Ce sont là des jumeaux semble-t-il.

- Mais saperlipopette, le juge le voit bien à la fin que ce sont là des jumeaux, bougre de navet!! Il vous demande si vous les connaissez.

Troonh s'approcha des deux cercueils de plus près et considéra les macchabées. Ils lui évoquèrent ses visiteurs de l'impasse Blauque. Il eut un sursaut en arrière.

- Il se pourrait que ces hommes soient ceux qui m'ont envoyé le poulet de menaces, madame le juge, dit-il. Mais comme je ne les ai point vus, je n'en puis rien affirmer.

- Ah, mon cher Emile, les créatures sont bien supérieures à leur Créateur…, s'il en est Un toutefois…, soupira la juge dans un accès lyrique inattendu chez elle et totalement incongru. Car enfin Emile, qui vit et trépasse dans les liens charnels? Sûrement pas ce Dieu inconnu qui aurait Seul en partage le nectar de l'immortalité… Quelle invention absurde que cette création… Son Inventeur aurait tant à faire dans ce vaste cosmos qu'Il ne pourrait qu'oublier nos existences corpusculaires, au milieu de myriades de galaxies et de systèmes solaires. *«La vie n'est qu'une ombre qui passe, un pauvre acteur qui se pavane et s'agite durant son heure sur la scène et qu'ensuite on n'entend plus. C'est une histoire dite par un idiot, pleine de bruit et de fureur, et qui ne signifie rien»*. Shakespeare, Emile... Encore un peu, et cet Inventeur nous aurait marché dessus sans même le soupçonner, le bougre... Le juge placerait en psychiatrie l'individu qui aurait assez de perversité pour perpétrer ad vit æternam un tel génocide. Et puis pardon, quel sérial killer, fichtre. Un cas unique pour les criminologues... Songez que ce tonton macoute à la Duvalier n'aurait pas un commencement d'explication pour ce crime perpétuel. Les humains sont d'ailleurs les seules créatures à avoir conçu cette extravagante idée de Dieu. Un animal ou un arbre n'a pas recours à cette supercherie pour vivre. C'est le fruit de la vanité et de la fatuité humaine que de se revendiquer une origine et une destination divine. Mais brisons-là Emile, et occupons-nous plutôt de ces refroidis. Greffon, et vous commissaire de la glotte, vous remonterez ces bières et les chargerez dans le cube. Ensuite de quoi, le juge, Emile et vous greffon, retournerons en ville avec ces trois macabanches.

«*Mais mal parole*», pensa Troonh, «*elle fait un burn-out?*».

- Mais... madame le juge, mon statut? marmonna le greffier.

- Serait-ce trop vous demander que de faire pour la seule fois de votre insignifiante existence l'effort physique de porter ces trois bières jusqu'à la camionnette, espèce de soviet oblomoviste dépressif?

- Mêêêê, commença le commissaire, je ne vais pas plantonner jusqu'à l'hypothétique retour du peloton cynophile... Et s'il ne revenait pas, de quoi aurais-je l'air?

- Cette fois, c'est décidé, grommela le greffier. Dès mon retour au bureau je demande ma mutation. A la rentrée, vous pourrez toujours taper vous-même vos fichus procès-verbaux; crotte de bique, alors...

- Et le juge vous intime, chevaliers à la triste figure de cire, de porter ces trois boites à dominos dans le camion! Vous! Le juge fera un rapport au commandant de police; vous! Il ne signera pas votre demande de mutation; et vous ! crèverez sur le front du service public de la justice. Le juge vous poussera au burn-out, ou au suicide. Ouste! Exécution!

- Je puis donner un coup de main si vous voulez, madame la magistrate, hasarda Troonh.

- Vous, vous ne touchez à rien. S'il doit y avoir des empreintes sur ces boites à asticots, autant que les vôtres ne se mêlent point à celles des criminels. Le juge est déjà assez contrarié de ne pouvoir faire peser de nouvelles charges sur la blèche de la rue Bourgnôle. Damnée traîtresse ! Ce coup-là doit venir de ses complices. Vous, chargez-moi ces trois bières; c'est une réquisition, un ordre m'entendez-vous!

Les deux hommes s'exécutèrent en grommelant. Un quart d'heure plus tard, les cercueils étaient dans le Cube, entassés sans précautions les uns sur les autres. La juge demanda au greffier de prendre le volant, mais il répondit qu'il n'avait pas le permis et ne savait point conduire. Troonh se porta volontaire et le véhicule s'ébranla bientôt, laissant quimper sur place le commissaire, après que la juge lui ait ordonné de remblayer la fosse.

Le retour fut plus rapide et ils arrivèrent vite en ville. La juge demanda à Troonh de prendre le chemin du laboratoire de médecine légale. Après quelques minutes, le Cube se gara devant le labo. La juge ordonna à deux policiers en faction de débarquer les bières et de les conduire jusqu'au médecin légiste. La juge pénétra dans son bureau, sans ménagement. Le légiste était en train de lire Femmes Actuelles, les pieds nus posés sur son bureau, les ongles dégueulasses.

- Mais... Ca par exemple! s'exclama-t-il. Vous ne voyez pas que je suis au travail? Qui êtes-vous? Restez ici, ou j'appelle des agents! Et qu'est-ce que c'est que ces trois caisses en sapin toute vermoulues?

- Ces boites en sapin, bougre de docteur Josef Mengele, dit la juge en contenant un évident courroux, sont **vos macchabées.** L'un d'eux ne doit pas vous être tout à fait inconnu. Une certaine pizzéria rue Morbonde, ça vous dit quelque chose, espèce de Charavax péteur à la Courteline?

- Un cadavre? Une pizzéria? Rue Morbonde? Ca par exemple! Non que nenni, dit le légiste, piquant un fard avec une patente mauvaise foi. Mais d'abord, qui êtes-vous tous les trois à la fin? Je ne vous connais pas sacristi, ajouta-t-il blême en reconnaissant Troonh.

- Plantons, dit la juge aux deux factionnaires, déposez ces bières dans la charcuterie de ce maudit Borniol. Celui-ci en particulier, précisa-t-elle en désignant le cadavre de la pizzéria, ôtez-le de sa boite et déposez-le sur son étal. Bon dieu que ça pue! Juge d'instructions chargé de l'enquête Morbonde, dit-elle en exhibant sa carte professionnelle. Remettez vos chaussures, saperlipopette. Vous vous croyez en congés dans un camp naturiste, débauché que vous êtes? Tiens, vous êtes répugnant. Vous dégoûtez les services judiciaires.

Et elle plaça un mouchoir devant son nez.

- Ce que ça pue, ici, reprit-elle. Vous n'aérez donc jamais? Ca sent le formol et la saumure. Tiens, une odeur qui rappelle quelque chose au juge… Qu'en dites-vous monsieur Troonh?

Le légiste enfila prestement ses sabots médicaux épuisés par l'âge, et se réfugia derrière son bureau.

- Mais enfin madame le juge, c'est mon laboratoire et ma table de dissection. On n'y pose pas comme ça n'importe qui n'importe où. Vous allez me la pourrir cette table, je viens de la nettoyer!...

- Vous l'avez nettoyée, sacré morticole, et avec quoi je vous prie? A la serpillière? Votre blouse est criblée de tâches. Mais parole de juge, ce sont…, des crottes de nez!? Ne dîtes pas non, quelle épouvante! La douce maman que nous sommes les reconnaîtrait entre mille. Plantons, mettez cet olibrius sur la table de dissection et à poil siou plaît, nous vous en prions… Pas vous, paire de buses! ajouta la magistrate à l'adresse des plantons qui commençaient à déboutonner leur chemise. Le cadavre! Docteur – enfin, puisque c'est ainsi que le juge doit bien vous appelez… Tiens, à ce propos, comment vous appelez-vous, qu'il vous couche dans son prochain rapport?

- Professeur Graoudjem, dit le légiste sur un ton compassé.

- Graoudjem? Mais…, ça veut dire charcutier si le juge ne s'abuse? Vous vous moquez du monde?

- Que nenni. C'est-là mon nom. Et je vous interdis de vous gausser. Ce n'est pas pire que de s'appeler Emile étron.

- Troonh, intervint ce dernier. Emile Troonh. C'est un des plus anciens noms de notre cité.

- Mazette..., soupira la juge. Vos ancêtres vous ont légué un cadeau pour la route hé hé... et vous ne pouviez pas solliciter du Conseil d'Etat qu'il vous changeât ce nom infâme? Demandez... Graoud? Ou Graou? Le juge vous le demande... Graoudjem... Il comprend mieux, à présent, pourquoi vous n'avez pas mis de plaque sur votre porte ou que vous n'avez pas ouvert votre cabinet...

- Mais je ne vous permets pas; mon regretté papa avait son cabinet dans le quartier de la Vésicale. Je n'ai pas à rougir de mes illustres devanciers...

- Madame la juge, intervint le greffier, si je puis me permettre, l'heure tourne et je dois finir à quatre heures pour aller chez le dentiste.

- Et bien, sinistre personnage, ne vous gênez pas! Prenez votre semaine pour aller chez votre maudit arracheur de crocheboles, grommela la magistrate. Mais vous avez ce docteur Graoudjem sous la main, pourquoi ne lui demandez-vous pas d'examiner le cimetière qui vous tient lieu de bouche? Au moins, hé hé, cela vous tiendrait coi un moment.

- Pouvons-nous disposer, madame la juge? demanda l'un des factionnaires.

- Oh vous les Dupont ça suffit; vous n'allez pas vous y mettre? Fichez le camp. Allez oups! A présent greffier, donnez lecture du rapport des examens médico-légaux pratiqués sur la victime, demanda la juge.

Le greffier ouvrit son ordinateur.

- Je lis:

«La victime est indubitablement morte d'un coup violent porté sur la tête dans un créneau horaire compris entre trois heures du matin et dix huit heures le même jour; ou alors, trois heures du matin et quinze heures le même jour.. Le mort n'a pas été violé, ni avant, ni après l'agression».

- Mais qu'est-ce que vous chantez là? On vous a porté un coup à la tête vous aussi? Qui a écrit ces inepties? Est-ce que le juge demande à ce carabin de légiste s'il a été lui aussi violé? Et deux créneaux horaires par-dessus le marché? De quinze ou douze heures? C'est invraisemblable, le juge aura tout connu, il se demande comment il n'a pas fait une dépression... Mais brisons là. Poursuivez greffier, au point où nous en sommes... Une lubricité de plus ou de moins... Avant que je perde mes nerfs...

«Le body n'a pas été déplacé ni transporté. La mort a été causée par un coup à la tête. Pas traces d'autres violences».

- Mais saperlipopette, vous usez d'anglicisme à présent? Ce maudit légiste aura-t-il écrit en anglais? Ou est-ce là l'effet de votre morgue prétentieuse, monsieur le greffon? Et puis, vous l'avez déjà dit qu'il est mort d'un coup à la tête? Mais bref, pfut pfut, poursuivez...

- C'est que je m'initie à la langue de Shakespeare, madame la juge... Pour un concours...

- Poursuivez et épargnez-moi vos balivernes!

- Oui madame la juge... Euh, c'est-à-dire qu'il n'y a plus rien...

- Mais... il n'y a rien dans ce rapport, crotte alors! La victime s'est-elle débattue? A-t-on trouvé des indices pouvant nous mettre sur une piste quelconque? Et d'abord qui l'a signé?

- Docteur Graoudjem, madame la juge. J'ajoute que le rapport est assorti d'une note de déplacement: cinq cents francs. Pour faire un kilomètre, une paille...

La juge se tourna vers le légiste.

- Vous êtes l'auteur de ce torchon?

- Madame la juge, il n'y a rien que je puisse ajouter ou retrancher à mes constatations. Elles sont faites de bonne foi et en conscience, dit le légiste la main sur le cœur comme s'il entendait l'hymne américain.

- Bien... Je crois que le juge ne pourra pas tirer grand-chose de vous... Seriez-vous en mesure d'examiner ces loustiques, et lui faire un rapport sous vingt quatre heures? dit la juge en désignant les deux autres cadavres.

- Certes madame, je m'en occupe. Ah ça par exemple ! Ce sont me semble-t-il des jumeaux? Voilà bien la première fois que j'en vois morts en même temps. C'est singulier...

- Epargnez-nous vos balivernes, monsieur le budgétivore. Monsieur Troonh, greffier, nous partons. Greffier, faites extraire cette Marguerite et faites-la conduire dès demain matin en notre cabinet. Le juge veut entendre cette friponne. Marguerite comment monsieur le greffier?

Voyons, voyons..., ah, j'y suis. Marguerite Lampion.

- Lampion? s'étonna la magistrate en souriant. Comme dans Tintin! Encore un peu et elle se serait appelée La Castafiore, pfut pfut. Bref, tout ceci est parfaitement ridicule. Absolument ridicule. Monsieur Troonh, le juge ne vous retient pas. Toutefois, soyez en son cabinet demain. Il vous confrontera à cette Marguerite Lampion.

- Certes Marguerite Lampion! Sans doute aurez-vous la tête tranchée! Mais avant cela vous aurez eu l'hôôônneur, n'est-ce pô de m'entendre plaider! déclara son avocat commis d'office.

Étaient réunis dans le bureau de la juge, Marguerite Lampion flanquée de son enjuponné, Troonh, le commissaire, Graoudjem et le substitut du procureur.

Au lieu d'être en tenue de ville, Graoudjem était venu en blouse blanche; la même décidément que les jours précédents, parfaitement reconnaissable en ce qu'elle était toujours diversement maculée de tachettes, comme la palette d'un Salvador Dali. Pour cette raison, la juge lui avait interdit absolument de s'asseoir, pour ne point saloper ses fauteuils. Elle l'avait interdit, également pour le même motif, au débarbot de Lampion. Il avait l'air d'un ratichon, debout derrière sa cliente, et flanqué du légiste. La juge l'avait fait quérir à la cafétéria du palais où l'huissier l'avait trouvé là endormi depuis la veille. Il avait passé la nuit au Palais. Les gardiens ne l'avaient pas remarqué. C'était le plus mauvais baveux du département, véritable complice du procureur; qui grâce à lui avait le taux d'incarcérations le plus élevé du pays et celui d'élucidations le plus bas. Mais les résultats étaient là; et les primes aussi.

Le débardot en ramassait trente pour cent en contrepartie de plaidoiries fumeuses…

La juge lança les débats:

- Madame Lampion, connaissez-vous ces hommes? demanda-t-elle en montrant les photos des trois cadavres remontés de la crypte.

La prévenue chaussa ses binocles en faisant jaillir une fraction de seconde ses crochetis. Elle se pencha sur les photos.

- Je connais ce gaillard, dit-elle désignant le mort de la rue Morbonde. Mais les deux autres point du tout.

- Ah! Qu'est-ce que je disais! commenta le commissaire. Je vous l'avais bien dit madame la juge. Ne vous l'avais-je point dit que vous seriez élargi? osa-t-il à l'intention de Troonh. Vous avez une tête d'innocent, vous dis-je.

- Qu'a dit ma cliente?

- Maître, vous parlerez quand vous y serez invité, dit la magistrate qui semblait contente. Quant à vous, commissaire de mes deux, épargnez-nous vos balivernes. Marguerite, ajouta-t-elle d'une voix anormalement aimable, vous permettez au juge qu'il vous appelle par votre prénom n'est-ce pas? Marguerite, pouvez-vous dire au juge d'où vous connaissez cet homme?

- Il est mort? demanda Lampion.

- En effet, Marguerite. Et personne ne le regrettera, soyez-en certaine. Ce gars-là était un sombre personnage, un brin connu des services judiciaires. Votre client, ce nous semble? observa la juge en regardant le pingouin.

Le pingouin se pencha sur les photos. A cette occasion, quelques infâmes pellicules churent sur le bureau du juge.

- Mais... qu'est-ce que c'est que ça? dit la magistrate révulsée. Greffier, venez donner un coup de plumette sur le bureau du juge. Avec un peu de Pliz siou plait.

Le greffier s'exécuta; à l'évidence de mauvaise grâce. Il avait besoin que le juge paraphât sa demande de mutation au greffe du procureur.

- Certes..., dit le pingouin. Je l'ai fait acquitter du chef de fausses déclarations fiscales et travailleur non déclaré. Avec les bienveillantes réquisitions de relaxe faites par môôôôssieur le substitut en ce temps, acheva-t-il en faisant la révérence au parquetier, souriant.

- Madame la présidente, dit le greffier en dressant l'index comme en classe, et en se levant. Puis-je me permettre de solliciter une doléance?

Ce n'était pas la première fois qu'il l'appelait par ce titre pompeux. La juge le regarda un œil mi-clos, en se demandant jusqu'où cet animal était prêt à user de ce ton obséquieux.

-Quelle sottise allez-vous proférer, vous, espèce de lèche-babouches?

- C'est que...

- Mais parlez donc saperlipopette!

- C'est que...

- Ça va bien se terminer non?

- Puis-je aller aux toilettes avant que vous ne commenciez?

- Ah ça par exemple! Vous moqueriez-vous du juge? Vous n'irez nulle part espèce de scatophage! Tiens, vous aussi lui soulever le cœur... Je crois qu'elle va elle aussi demander sa mutation.

- C'est que... A dire vrai..., c'est pour la grosse commission... Je suis bien marri de vous dire ça, mais je ne tiendrai pas l'audience...

- Euh..., commença le commissaire. Si ce n'est pas trop demandé, je le suivrais bien pour la petite...

- C'est que..., je suis bien marri de vous demander cela madame la présidente, répéta le greffier; mais pour tout dire, j'ai mangé de la pastèque en quantité déraisonnable hier à la cantine du tribunal et je…

La juge était exaspérée et tapotait nerveusement de son stylo son bureau.

- Cessez de dire la cantine! Vous n'êtes pas à la communale!

Le greffier et le commissaire étaient dans leurs petits souliers et se tortillaient.

- Oh et puis après tout zut, allez à votre bon sang de petit coin… Allez, allez prout prout…

Les deux hommes se carapatèrent dans le couloir, à pas de loup.

- Et tirez votre chasse! J'en ai assez d'entendre les pleurnicheries de l'intendance!

La porte se referma sur leurs talons.

- Bon… Nous n'avons plus qu'à attendre le retour de ces deux imbéciles…

Le silence s'installa. La chauve-souris tenta une remarque malvenue, mais, d'un geste, la juge lui fit signe de la boucler.

Dans les minutes suivantes se firent entendre des bruits répétés de chasse. L'ambiance devenait immonde. Finalement la porte se rouvrit, laissant paraître les deux hommes, en même temps que blatéra l'huissier:

- Mes Sieurs le greffier et le commissaire principal madame la présidente!!!

L'huissier s'était muni d'un brigadier de théâtre et frappa trois coups sur le plancher avec un air solennel.

- Mais…, qu'est-ce que c'est que cette énième mascarade? s'exclama la magistrate.

- Môôôôssieur votre distingué greffier m'a fait part de vos griefs à l'encontre de l'accomplissement de mes missions, madame la présidente. J'ai cru expédient d'introduire un peu de solennité dans mes pratiques professionnelles. J'ai trouvé ce brigadier à la cave, pas mal non? Et pis il est beau, fichtre. C'est semble-t-il du chêne; et je parie que le pommeau est d'argent. Hé hé. Ça fait richeman.

- Déguerpissez Feydeau… Serait-ce un effet de votre volonté de laisser à la fin le juge poursuivre les débats? dit-elle d'une voix blanche. Pouvons-nous reprendre, espèce d'incontinents?

Lampion éjecta plusieurs fois de sa bouche son appareil dentaire qui fit **cloc cloc cloc**. Tout le monde la regarda faire avec un air où se mêlait étonnement et intérêt pour ce spectacle inédit. Quant à Troonh, il pencha fermement la tête pour faire craquer ses cervicales.

Le greffier et le commissaire reprirent place.

La juge les bigla l'un après l'autre en silence. Puis elle fit jaillir de son cabas un miroir et une brosse ; et commença, d'un geste nerveux, à s'effilocher la filasse plus que la coiffer. Elle espérait que cette petite exhibition imposerait le silence et inspirerait la crainte. Ce curieux manège dura plus de dix minutes, ce qui parut à tous extraordinairement long. Mais la magistrate semblait n'en avoir cure, à l'évidence. Après un quart d'heure de cet improbable traitement capillaire, elle les regarda chacun d'un air étonné. Elle avait les yeux écarquillés d'un tarsier.

- Vous ne comptiez pas imposer au juge vos crimes et vos attitudes coprophages sans qu'il réagît? lâcha-t-elle.

Elle marqua de nouveau un long silence.

- Bien... Le juge pense à présent que nous pouvons reprendre les débats. Lampion, vous n'avez pas décliné votre identité? Nom, prénom, âge et profession.

- Qu'est-ce qu'y dit? dit-elle en plaçant sur l'oreille sa main en cornet.

- Vous l'avocat, expliquez la question du juge à votre cliente.

- Chère cliente, quels sont vos nom, prénoms âge et profession? répéta docilement le baveux.

Il dût s'y reprendre à plusieurs fois pour lui extirper une réponse.

- Marguerite Lampion. 84 ans. Sans profession.

- Hooouuu! Auriez-vous quelques accointances familiales avec l'ancien procureur général de la Cour d'appel de céans? demanda le greffier sans être invité à parler.

- Le juge Lampion était mon défunt mari, dit la bancroche.

La magistrate blêmie. Et le substitut aussi.

- Ah par exemple! continua le greffier. Mais..., c'est que j'ai fort bien connu feu monsieur votre époux le

Procureur Général; dont je suis fier nonobstant d'avoir été jadis le greffier en chef.

Il marqua une pose.

-Jusqu'à être affecté après son trépas sur cet emploi minable de greffier ordinaire..., grommela-t-il.

-heeuuuh..., onomatopa la juge. Qu'en est-il exactement? Le juge de céans n'étant en poste dans ce tribunal que depuis deux ans.

- Il y a, madame la présidente, que la comparaisante est de la baraque…, crut bon de commenter le greffier. Et que nous allions faire des carabistouilles...

- Il m'en souvient aussi, ajouta le substitut, renforçant le malaise de la juge d'instruction.

- Et moi itou! s'exclama le commissaire de la glotte comme un imbécile.

- Il suffit! hurla la juge en frappant son bureau du plat de la main, au comble de l'embarras. Cessez de placoter de la sorte! Vous perturbez la sérénité des débats et compromettez la manifestation de la vérité.

Elle était écarlate.

- Comment? Dans ces conditions... heeuuuh..., ânonna-t-elle. C'est bien différent. Marguerite -- vous êtes à l'évidence une femme honnête Marguerite; et vous permettrez au juge de céans qu'il vous appelle par votre petit nom, hé hé... Marguerite, vous avez déclaré au juge connaître l'ankylosé..., eeeuuuhh…, le mort de la rue Morbonde, n'est-il pas? Pourriez-vous lui dire d'où et comment?

- Il m'a vendu des Bibles, répondit la blécharde après que son avocat lui ait répète la question. Il est venu à la maison.

- Il vous a vendu des Bibles? répéta la juge, comme plongée dans la sidération. Bigre! Diable! Diantre!

Elle lui montra la photo des deux autres cadavres déposés à la morgue de Graoudjem.

- Et ces deux zigotos vous évoquent quelque chose?

Lampion se pencha sur la photo en faisant clacoter ses crocheboles. Tous en furent intrigués et la zyeutèrent, comme l'œil scrutait Caïn dans sa boîte à dominos.

- Ces deux gaillards sont venus me livrer mes Bibles après ma commande au trépassé, Mouuiii.

- Êtes-vous certaine de cela? questionna la juge.

- Mouuiii.

- Madame la juge, intervint Troonh. Puis-je voir cette photo à mon tour? demanda-t-il avec un œil plus lugubre qu'à l'ordinaire.

- Le juge allait y venir.

Troonh prit les photos et les scruta attentivement. Durant tout le temps que dura son examen, il avait un ?il clos. Il s'agissait là de deux hommes semblables en tous points. Comme cela était étrange et combien cela le frappa ! Ils lui évoquaient décidément les deux barbouzes décrits par sa bignole. Troonh fut longtemps à réfléchir. Il avait une tête atroce, affectée de tics divers. Puis se décida finalement.

- Madame la juge, j'ai eu quelques hésitations à vous en parler mais... il me semble que c'est deux personnes...

Il marqua un silence.

- Poursuivez Émile. Greffier, notez. Et pour une fois dans votre sombre carrière de besogneux, soyez précis. Tenez-vous en aux déclarations des témoins. Épargnez également au juge vos ridicules balivernes en bas de page qui ont déjà provoqué des incidents de procédure en pagaille. Le juge qui vous parle à un serial killer en vadrouille, à cause précisément de vos hadiths imbéciles.

- Mais madame...

- Pas de mêêêê! bégueta-t-elle comme une biquette. Expliquez-vous, Émile.

- Pour tout vous dire madame la juge, ces deux hommes me font penser à ceux qui sont venus me voir l'autre jour à mon domicile. Ils semblent répondre en tous points à la description que m'en fit tantôt ma concierge. Et je ne serais pas autrement étonné qu'ils fussent ceux qui m'ont transmis le courrier de menaces par le biais de ce petit brigand.

- Avez-vous pensé à l'amener au juge? interrogea-t-elle.

- Le petit brigand?

- Mais non, s'agaça la juge. Le poulet évidemment...

Et Troonh le fit jaillir de sa poche et le lui tendit.

- OCCUPE-TOI DE TES OIGNONS OU IL T'ARRIVERA MALHEUR, lut la juge.

- Précisément.

- Vous connaissez vous des ennemis Émile? demanda la juge.

- Pas que je sache madame la juge.

- De quel petit brigand parlez-vous Émile?

- Ma cliente est en tout point innocente de tout ce dont-on l'accuse! protesta le baveux qui croyait venu le moment de plaider, ce dont tout le monde se moquait.

- Oh vous pouët pouët camembert, dit la magistrate en formant de la main un bec de canard.

- Mais enfin les droits de la défense! Je maronne!!!

- Taisez-vous espèce de pica pica charognard! Émile, décrivez au juge le moutard qui vous a donné le poulet, siou plaît.

- Sept huit ans..., sale..., yeux noirs..., chafouin. Il a disparu dans l'avenue Blauque. Il était typé arabe.

- Dans l'avenue Blauque? Mais..., la juge a bien peur de connaître le moutard... Il a tenté souventefois de se joindre à sa ch'tiote petiote pour jouer avec. Ce que je lui interdis bien absolument! vitupéra-t-elle.

- Mon tonton les appelle des sidi Ben quéquette, hé hé, ricana le commissaire de la glotte.

- Mais... que nous chantez-vous, vous le gaveur d'oie?

- Euh... Je tentais de détendre l'atmosphère...

- C'est tout à fait incroyable..., soliloqua la juge avant d'observer un long silence. Bien, soupira-t-elle, commissaire, rendez-vous au domicile de monsieur Troonh, impasse Blauque, et ramenez la concierge. Au passage, vous essayerez d'appréhender le mouflet et le ramènerez par devers nous. Le juge veut l'auditionner, sacristi. Pendant ce temps-là, vous l'avocaillon...

- Madame..., dit ce dernier. Je maronne!!!

- Vous irez à la buvette du palais et nous ramènerez des sodas et des casse-croûtes. Midi approche, nom d'une pipe, et le juge à faim. Et la pépie, of course.

Tout le monde la regarda en écarquillant les yeux; car il ne s'en trouva point pour comprendre son anglicisme. L'avocat baissa d'un ton, ravi finalement de se dégraisser la paroi aux frais du service public de la justice.

- Puis-je l'accompagner? demanda l'huissier. Je prendrai bien une Bush de Tournai, comme les gugusses aiment à la savourer au salon de thé de la rue du Docteur Abitmol.

- Eh bien ne vous gênez pas! Et pourquoi pas du Dom Pérignon tant que vous y êtes. Pfut Pfut. Marguerite - Si le juge peut vous donner du prénom, Marguerite - je pense que tout atteste que vous n'êtes de rien mêlée à ces crimes.

*

Il ne s'écoula pas dix minutes avant que ne reparût le commissaire, annoncé par l'huissier, à renfort de trois coups sonores de brigadier. Durant leur attente, ils sirotaient à la paille des sodas. Le greffier avait accompagné l'avocat à la buvette, d'où ils avaient ramené une quantité non négligeable d'amuse-gueules et de friandises. Le greffier avait pris soin d'acheter pour la magistrate des nounours au chocolat guimauve pour lui extorquer un avis favorable de mutation à la chambre d'accusation. Son intention secondaire étant d'intriguer avec la juridiction d'appel pour faire annuler un max d'ordonnances de la juge d'instruction. Le cas échéant en faisant disparaître ses actes de procédure. Le commissaire était flanqué de la bignole mais le mioche manquait à l'appel. Quand Troonh vit sa concierge il fut gagné par l'affolement.

- Moi, les cacahôôôûûûètes ça me creuse..., soupira le greffier. J'ai faim par exemple!

La juge soupira à son tour, en boulottant à la filée ses nounours à la guimauve.

- Qu'est-ce que vous mangez? demanda la chauve-souris, en se pourléchant les badigoinces.

- Vous êtes la concierge du passage Blauque? demanda la juge à la bignole.

Celle-ci bigla Troonh avec étonnement.

- Je savais bien que je vous trouverai un jour d'ici en piteuse posture, dit-elle à son locataire.

- Vous l'avocaillon, levez-vous et offrez votre siège à madame, dit la magistrate. Comme témoin, elle a plus d'importance que vous pour le service public de la justice....

- Madame la juge!! Je maronne!!!

- Maronner, maronner à votre aise..., dit la juge avec un sourire hyèneux et narquois aux commissures des lèvres. De toute façon, avec vous c'est toujours la même histoire. Vos clients, même innocents, terminent tous guillotinés... Sauf à ce que vos bévues provoquent l'annulation d'un non lieu pourtant justifié; ou pire encore, l'acquittement aux assises de vrais assassins... Quand vous ne couronnez pas vos fumeuses plaidoiries avec un acquittement, suivi derechef par une récidive de vos clients...

- Madame la ministre..., euh..., madame la juge voulais je dire, je...

- Je sais, espèce de Zorro de pacotille..., ironisa-elle. Vous maronnez... Tout le monde a compris...

L'assemblée pouffa de rire. Le greffier était secoué d'un ricanement ridicule. Une sorte de ***ngiak ngiak ngiak*** qui stoppa net les autres dans leur rire.

- Asseyez-vous, dit la juge à la bignole. Le juge a besoin de votre témoignage. Elle ne vous demandera sans doute pas de décliner votre identité complète, car vous êtes ici comme témoin, assisté par le sombre fantôme à votre côté, perfida-t-elle visant une fois encore l'avocat. Elle aimait se faire mousser en public avec ses remarques animales. Bornez-vous a dire à cette assemblée si vous êtes bien la concierge de Monsieur Émile Troonh, céans. Passage Blauque n'est-il pas?

- Ce lascar me doit trois termes...

- Vous avez donc des dettes? railla la juge. Par conséquent, vous avez besoin d'argent..., ajouta-t-elle avec dans la voix des trémolos de sous-entendus perfides.

- Eurk!..., s'étrangla Troonh.

-Madame la gardienne, commença la magistrate immédiatement coupée par la bignole.

- Agent d'accueil siou plaît.

- Mwouai..., onomatopa la juge. Arrêtez de finasser la vieille, s'oublia-t-elle.

- M'enfin...

- Bon, brisons là voulez-vous. Elle ne vous a pas requise pour barguigner. Dites-lui, dit la juge en étalant les photos sur son bureau, connaissez-vous cézigues, par exemple?

La concierge se pencha sur les photos et les étudia une à une.

- J'les connais ces blases. Ce sont vos cousins jumeaux, dit la concierge à l'adresse de Troonh.

- Eurk!...

- Mais... Vous n'avez point déclaré au juge connaître ces deux hommes pour être vos cousins. Confirmez-vous Émile?

- Eurk!...

- Sont-ce vos cousins ou ment la bancroche?

- Madame la juge, je marronne!!! Ma cliente!!

- Votre cliente? Mais elle n'est point votre cliente.... Pfut, Pfut. Taisez-vous donc, sinistre Samson. Vous mélangez tout le monde, c'est incroyable... Émile, répondez au juge, qui a toute sympathie pour vous.

- C'est-à-dire…, commença Troonh. Ils ne sont pas frais les gaillards. Et je dirais même qu'ils sont méconnaissables... C'est quoi c'est machins qui semblent crapahuter sur eux?

- Des lombrics cher Émile, dit Graoudjem. En fait je suis un peu responsable car j'ai mangé un sandwich au saucisson en disséquant les corps, et quelques bouts de sifflard ont malencontreusement chu sur eux. Cela aura attiré les asticots.

- Saperlipopette! Vous n'êtes jamais avare d'une nouvelle bourde, vous, grommela la magistrate. Vous vous êtes bien gardé de mentionner ces circonstances dans vos ignobles procès-verbaux. Et vous avez laissé accroître aux institutions judiciaires et policières que ces sombres bestioles provenaient en réalité de la crypte. Du sifflard... Espèce de demeuré. A-t-on idée jamais de procéder à une autopsie en boulottant un casse-croûte?

- Ce fait atteste que je suis diligent dans l'accomplissement de mes tâches, rétorqua Graoudjem avec un aplomb invraisemblable. Jusqu'à y sacrifier mes repas. Et puis enfin, vous n'auriez pas le toupet, tout de même, de me priver de mon petit goûter? Il ferait beau voir avec les honoraires indigents que me sert l'administration! Je suis légiste free-lance **môôii**! Je ne suis pas fonctionnaire **môôii**! Je n'ai point de primes de résultat **môôii**. Ce n'est pas comme certains. Suivez mon petit doigt..., acheva-t-il. Pfuit.

- On ne dit pas suivez mon petit doigt, hasarda le greffier. On dit suivez mon regard. Suivez mon petit doigt, vraiment, c'est ridicule et insensé.

- Et il me plaît à moi de dire mon petit doigt, répliqua Graoudjem, vexé pour une raison inexplicable.

- Cessez ces chicayas, dit la juge. Reprenons. Monsieur Troonh, vous soutenez ne point connaître ces hommes?

- C'est à dire madame la juge, leur état..., voyez-vous..., ce n'est pas simple.

- Moi, je les reconnais, interrompit la bignole. Ce sont vos cousins jumeaux. Ne dites pas non. C'est vous même qui me l'avez dit quand je vous avisais naguère de leur visite.

- Ce sont vos cousins??? s'exclama la juge. Mais..., par exemple que ne l'avez-vous mentionné plus tôt? Greffier veuillez noter ce point crucial. C'est crucial. C'est vraiment crucial...

- Je note deux fois crucial madame la présidente? demanda le greffier, qui espérait par ainsi amadouer la juge pour signer sa mutation.

La juge fit signe au substitut de s'approcher et lui souffla à l'oreille.

- Hum, si la juge signe la mutation en vos services de cette espèce de déséquilibré, vous engagez-vous à le briser? Il y a beau temps que vous n'avez point de secrétariat, ce nous semble ? Débarrassez-la de ce crétin des Alpes et je suivrais vos réquisitions.

- Topez-la. Dans six mois il est magasinier.

- À Dieu ne plaise... Bien. Vous déclarez au juge ne point connaître ces deux bonhommes?

Elle présenta une fois encore la photo des deux barbouzes à Lampion, puis à Troonh.

La vieille répondit par la négative, en opinant du chef. Troonh dit que ces gars-là n'étaient point ses neveux, qui, de toute façon, se trouvaient à l'étranger, venait-il d'apprendre.

Bien, dit la juge. Le juge va refixer une audience prochaine; le temps pour vous commissaire d'interroger vos archives, et savoir si ces deux barbouzes sont connus de vos services. Vous lancerez également un appel à témoins en diffusant leur portrait dans tous les commissariats et lieux publics de la ville. D'ici là chacun est libre et sera convoqué par courrier en temps utile. Quand à vous Marguerite Lampion, les charges sont évidemment trop ténues pour que le juge vous renvoie en préventive. Il vous place sous contrôle judiciaire. Monsieur Troonh, vous pouvez disposer. Monsieur le substitut, voulez-vous faire entendre vos réquisitions. Maître, vous n'avez rien à objecter à la libération de votre cliente nous présumons? Contestez-vous le contrôle judiciaire de votre cliente?

- Eeeuuuhh...

- Mouai, je vois... Monsieur le substitut?

- Heeuuuh... Je me joins aux conclusions du représentant de dame Lampion.

- Bien, déguerpissez tous à présent. Le juge est fatigué de vos folies. Greffier, vous partez également, le juge vous donne congé pour cette après-midi. Quant à vous Graoudjem, le juge viendra demain en votre ignoble labo pour vous ordonnez une autopsie des jumeaux.

- Merci beaucoup madame la juge, dit le greffier en s'éclipsant en un claquement de doigts.

Le greffier fut le premier à déguerpir, bientôt suivi par les autres.

Une fois seule, la juge saisit son téléphone et composa un numéro.

- Passez-moi votre chef, crétin des Alpes, dit-elle. Vos sottises vous ont mis dans le pétrin jusqu'au cou ! Bah évidemment que c'est moi, triple buse! Pfut! Pfut!

CHAPITRE

Il ne fut pas long que Troonh prenne la direction de son ignoble réduit. Il escalada les marches quatre à quatre après avoir rampé devant la porte de sa bignole, qu'il n'avait décidément pas envie de croiser. L'instant suivant, il franchit le seuil de sa chambrette dont-il referma la porte à double-tours. Par précaution, il coinça la poignée avec une chaise, car il doutait toujours que les deux cadavres de la morgue fussent en vrai les hommes qui l'avaient traqué tantôt. Sa deuxième crainte fut que la juge le place aux plombs s'il n'était point déplombé avant cela par des barbouzes. Auparavant, il avait fait halte au restaurant turc hallal de la rue Vide-gousset, pour y acheter un sandwich kefta frites et une bière formidable Efe Pilsen. Il s'installa dans son infect kitchenette pour y déguster son sandwich. Il n'avait point mangé si bien depuis son mémorable repas à la brasserie. La bière lui fit un bien extraordinaire, et il regretta de n'en avoir pris qu'une. Son repas achevé, il lui vint d'aller voir une toupie rue Trombine. Combien lui restait-il, finalement? Il plongea la main dans la poche de son odieuse redingote, et posa ses billets sur la table. Il compta neuf cents francs. Mais enfin, il n'avait point payé ses termes à la ribaude. Il lui fallait compter chaque centime, avant que de pouvoir reprendre son négoce de livres saints. En vérité, la chance lui avait souri de s'être emparé d'un gros stock de Bibles, dont-il pourrait conserver le fruit de la vente. *«J'm'en vais faire trente pour cent de ristourne, ça se vendra comme des petits pains et par ici la bonne soupe. Je puis me faire trois mille francs. Je paierai les termes de l'autre largue, et serait à l'abri pour trois mois».*

Il en était là de ses cogitations quand son téléphone retentit.

- Allo...? Dit-il, semblant gémir.

«Ha vous voilà enfin vous!», entendit-il.

Il reconnut presto la voix de son client de la rue Croupante.

- Ah..., c'est vous..., gémit Troonh la voix chevrotante.

«Passez me voir illico. Et ce n'est pas seulement à cause de ma commande, qui se fait attendre, décidément. Vous avez l'art de faire des conneries, vous».

- Je...

«Je vous attends maintenant. Je vous donne dix minutes. Rappliquez».

Et l'homme raccrocha.

- Bbbeeeuuuh..., beugla seulement Troonh en reposant le combiné à son tour.

«Encore une nouille en perspective», songea-t-il. *«Bon, bah, quand faut y aller, faut y aller».*

Il passa sa redingote, franchit le seuil de son réduit, et dévala l'escalier.

Parvenu dans le passage Blauque, il aperçut immédiatement la fille du juge et le mouflet qui tantôt lui avait remis le poulet.

- Ah te voilà toi ! lança Troonh, décidé à s'emparer du moutard. Il était prêt à le placer sur le bûcher pour le faire parler.

Le gamin tenta de se carapater. La fille du juge ricana cruellement.

- Des clous!

Mais Troonh, qui avait de grandes jambes, fut le plus véloce. Il saisit le moutard par les oreilles, qu'il avait fort grandes au demeurant.

- A présent tu vas parler chenapan!

En guise de réponse, Troonh reçut du moutard un violent coup de pied dans le tibia. La douleur fut atroce, mais il ne lâcha point sa proie. La fillette fut secouée d'un rire inextinguible, et vraiment diabolique.

- Je t'emmerde pôve con..., dit le mouflet.

La fille du juge rit de plus belle. Troonh se rendit compte que les deux gamins étaient liés par un pacte, et qu'il n'en tirerait rien de cette manière.

- Bon, soupira-t-il sans lui lâcher les oreilles, ce qui donnait à la scène un aspect loufoque. On eut dit que Troonh allait tondre un mouton ou traire une biquette. Dis-moi ce que tu sais et je te donne..., voyons...

Il réfléchit un moment car il connaissait la rapacité de la biquette, et les limites de son budget. Les francs filaient vite.

- Je te donne cinquante francs, se surprit-il à dire. Il réalisa trop tard qu'il aurait pu commencer à vingt mais il était trop tard.

- Aboule.

Finalement, il avait de la chance que le gamin n'ait pas surenchéri.

- Voici vingt francs. Parle. Le reste viendra ensuite.

- Tu as intérêt à raquer, dit la fillette. Je suis témoin.

- Il y a deux gonzes dans l'avenue Coupe Jarret qui m'ont donné cent sacs pour te donner la lettre, dit le moutard en plongeant le billet de vingt dans la poche de son short long.

- Ils avaient l'air de quoi? Des jumeaux? Parle ou je t'arrache les étiquettes!

- Pôve cave…, dit le gamin l'air arrogant.

- Ça va; j'attends.

- Ils avaient l'air de jumeaux. Grands, chapeau Borsalino, ciré noir.

- Les mecs de la morgue! s'exclama Troonh. Saperlipopette! J'l'ai échappé belle!

- Donne-moi mon artiche.

Troonh lui donna un billet de dix et de vingt, et le relâcha en lui fichant une mornifle.

Puis il prit le chemin en direction de la rue Croupante.

Il emprunta la passerelle du chemin de fer, comme d'habitude. A cette occasion, il aperçut en surplomb quelques policiers affairés sur les voies. «*Que font-ils-là?*» se demanda-t-il, en marquant une pose, et se penchant par-dessus le garde-fou. Il reconnut tout de suite le commissaire de la glotte, entouré d'hommes en blanc de la police scientifique. «*Mais… par exemple…*

C'est un cadavre que je vois sur la voie? Mais... c'est incroyable tout le monde meurt! Je commence à en avoir marre...», gémit-il. Un des policiers dut sentir sa présence, car il releva la tête subitement. Troonh eut à peine le temps de se jeter en arrière pour échapper à sa vue. Il décida de prendre la direction de la rue Croupante sans plus tarder.

Il y fut en quinze minutes. Devant la boutique, il s'arrêta net. Mais... ce n'était pas possible! Ca alors!

Le sex-shop était fermé! Des scellés de cire rouge interdisaient d'entrée, avec une étiquette que lut Troonh:

«Police judiciaire. Scène de crime. Ne pas rompre ces scellés sous peine de sanctions pénales».

- Mais qu'est-ce que ça veut dire? s'exclama-t-il devant des badauds effarés. Mais... tout le monde meurt, à la fin! Quand cette hécatombe va-t-elle finir à la fin?

- Vous êtes toujours là au mauvais endroit, au mauvais moment, vous..., ouit-il derrière lui. Il lui sembla reconnaître cette voix, avant même que de se retourner. Il se trouva nez à nez alors avec le vieux de l'avenue Coupe Jarret.

- Vous voilà encore à m'épier! dit Troonh. Puisque vous êtes de la police, serait-ce un effet de votre bonté de m'expliquer ce tintamarre? Pourquoi ces scellés? Encore un trépassé? Il ne va bientôt plus rester âme qui vive dans cette cité.

- Ce serait plutôt à moi de vous demander pourquoi vous êtes à traîner devant cette boutique, sieur Troonh. Aviez-vous commerce avec icelle?

- Mêêêêê..., chevrota Troonh. Que nenni! Je passais et m'étonnait, voilà tout!

En vérité, il virait pâlichon, ce qui n'échappa point au gazier.

- Nous savons tout de vos accointances passées avec feu le fournisseur de cette boutique, cher Emile. Vous me permettrez de vous appeler par votre petit nom n'est-il pas? Emile, c'est bien charmant. Ca m'évoque la belle âme de Jean Jacques...

- Jean Jacques? Dit Troonh, qui n'avait point assez de science pour entendre l'allusion. Ce qui le frappa fut que le gazier s'exprimait comme le commissaire de la glotte.

- Oui, Jean Jacques, vous savez bien, Jean Jacques le fameux philosophe.

- Philosophe?

- Oui, bon, bon, bon. Bref, passons mon cher Emile.

- Pourriez-vous vous expliquer, à la fin, au lieu de me débiter de la philosophie?

Il se sentit de plus en plus nerveux.

Évidemment, il n'y coupa pas:

- Pourquoi diantre votre glotte fait-elle dans votre gorge ces mouvements de balle de flipper?

- **Koua**? Vous n'allez pas vous y mettre vous aussi, à la fin!

- Je ne fais que mon métier de policier, lequel comporte le comportementalisme. Voilà tout. Tous les policiers reçoivent une formation de physiologiste et de comportementaliste. Le commissaire chargé de l'enquête est formateur dans ces domaines, depuis la semaine dernière.

- Ah ça alors! Vous n'allez pas vous y mettre vous-aussi!

- Vous perdez vos nerfs Emile, comme c'est étrange.. Dîtes-moi ce qui vous pèse, mon cher ami. Je ne vous veux que du bien, en plus que de voir aboutir cette enquête... Savez-vous à la fin que toute la police est sur les dents avec ces crimes? Ca commence à faire beaucoup, et nous sommes sur le qui-vive à attendre le prochain.

- Je ne vois pas en quoi ce seraient là mon frichti.

- Vous connaissiez deux des trépassés au moins, Emile... Ce n'est pas rien... Il y a beaucoup de morts après votre passage...

- Mais! M'accuseriez-vous? Savez-vous bien que le juge d'instruction m'estime au dessus de tous soupçons? Remettriez-vous en cause son jugement?

- Nous verrons cela, mon cher Emile...

Le vieil inspecteur s'éloigna de quelques pas.

- Nous verrons cela...

Puis il disparut à l'angle de la rue Croupante et de la rue Morbonde.

«Sans doute se rendit-il à la pizzéria», songea Troonh.

Que dois-je faire? se demanda-t-il, abasourdi par les derniers événements.

Il décida finalement de suivre le vieil inspecteur.

Il fut vite à le rattraper dans la rue Morbonde, ou le policier n'avait parcouru que quelques dizaines de mètres. Troonh le vit passer devant la pizzéria, sans s'y arrêter. *«Par exemple, où va-t-il?»*. Mais le vieux policier poursuivit son chemin.

Troonh parvint à son tour à hauteur de la pizzéria.

Stupeur et damnation!

«Non!!!!» s'exclama-t-il. «Je ne puis croire cela!!»

Il y avait là une charcuterie!

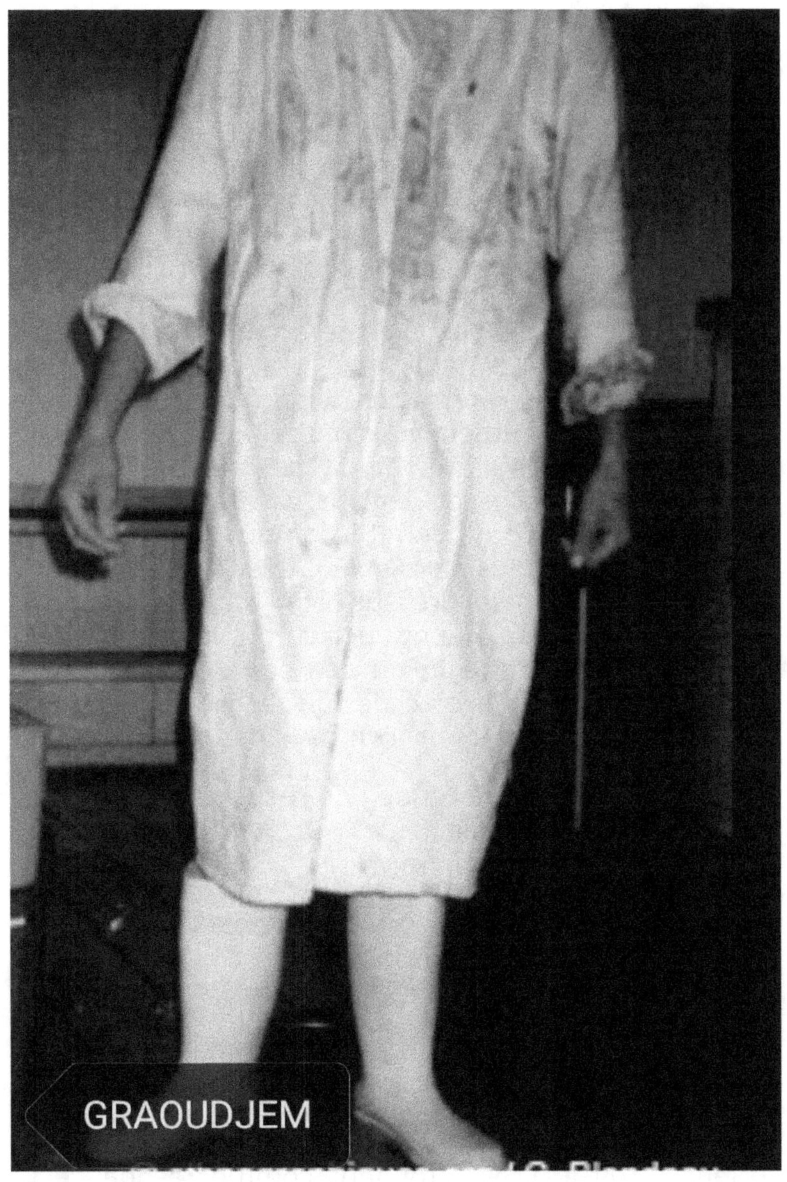
GRAOUDJEM

Graoudjem, la juge et son greffier étaient debout autour de la table d'autopsie depuis vingt longues minutes. Graoudjem donnait l'impression d''être au restaurant Hippopotamus, un scalpel dressé dans chaque main, comme attendant un T-bone large size. La juge l'avait requis la veille par émail de procéder à l'autopsie des deux hommes, pour trouver la cause de leur mort. D'énormes gouttes de sueur perlaient sur le visage de Graoudjem. Il s'était plaint tantôt au magistrat de n'être point formé à cette pratique qu'il jugeait barbare. La juge l'avait appelé espèce de grouillot. Ayant une formation d'infirmier anesthésiste seulement, Graoudjem frémissait d'avance de commettre une boulette, et de se faire biquer à la lourde de son poste de légiste vacataire. Non sans omettre qu'il se retrouverait chomdu dans le même temps. Il n'aurait plus alors qu'à crever la dalle. Il avait toujours les scalpels dressés en l'air, et ne savait décidément pas par où entamer ce qui lui semblait un abominable équarrissage; ou une sorte de plancha de charcuterie selon... A côté de lui, le greffier semblait s'être assoupi tout debout, comme un canasson.

- Vous devriez prendre un peu de recul, dit Graoudjem. Le sang risque de gicler...

- Mais bougre de navet! rétorqua la juge exaspérée. Leurs veines sont rigidifiées cadavériques depuis un bail! Vous ne voyez pas, sombre gigolpince de l'État, que les corps sont durs comme du sapin?

Et ce disant la magistrate tapa de ses phalanges pliées les deux cadavres, qui firent **toc toc**. Graoudjem l'imita à son tour, surpris et amusé d'ouïr ce son caverneux.

- Tiens..., dit-il. C'est étonnant comme résonance.... J'ai fait de la Batucada brésilienne à la salle des fêtes de ma ville pour la chandeleur; ça fait la même tonalité...

Et il cogna encore les deux cadavres en onomatopant ***toc toc toc***.

- Bien, bien, on va y aller...

Dix minutes plus tard, il se livrait toujours à des facéties en faisant tournoyer ses scalpels comme Manolete ses banderillas.

- Olé!!! crut bon de dire le greffier, réveillé par la juge.

Finalement Graoudjem piqua un bistouri dans la poitrine du mort.

- **Ouuouuouuouu**! fit Graoudjem.

Et main tremblante laissa son scalpel choir sur le carrelage.

- Mais... par exemple!!! Vous ne commencez pas par un examen des corps??? Alors vous disséquez direct?? Mais ramassez votre scalpel! Sinistre!

Graoudjem ramassa son scalpel, docile, et reprit place devant le cadavre.

- Et puis, dites-lui, commença la juge, n'avez-vous point déclaré à l'administration avoir été médecin de ville, n'est-il pas? Et vous dites au juge à présent n'être qu'infirmier? De qui vous moquez-vous, saperlipopette? Et puis en voilà assez. Donnez-lui ce scalpel. Le juge va trancher dans la plénitude de ses fonctions. Trancher...? Hé hé hé. Comme la juge est amusante. Pfut Pfut. Mais où en était-elle?

Et, s'étant emparée d'un scalpel, elle entailla d'un seul trait net le cadavre, de la trachée jusqu'aux parties génitales.

- Rassurez-vous, le juge n'ira point davantage plus bas.

Graoudjem recula de trois pas. Il était livide.

- Ça s'fait pas..., gémit-il. **Ouche ouche ouche ouche**!!! Ça ressemble à ça en d'dans? crut-il bon d'ajouter. À l'école on avait des mannequins.

Il avait l'air éberlué.

- Bon..., dit la magistrate. D'après la couleur et la consistance des poumons, quelles seraient vos premières constatations?

- Ça sent point la rose..., gémit Graoudjem.

- Évidemment. Ces gars-là ont séjourné deux jours dans un caveau moisi. Mais encore?

- Eurk ! s'étrangla Graoudjem.

- Parlez pousse mégots!

- Et bien, il me semble qu'ils sentent le formol...

Le greffier notait:

- Sentent le formol...

- Mais ce n'est pas à vous de noter cela! s'exclama la juge en direction du greffier. C'est à Graoudjem de prendre note pour ses rapports, cauchemar de mes nuits! Vous n'avez point de calepin de nonotes?

- Maîtresse, j'l'ai oublié mon cartable à la maison, ironisa le greffier.

- Certes madame la présidente, répondit Graoudjem qui se sentit à deux doigts de prendre la porte pour la Cloche Street. Voyons, voyons,... Où ai-je mis mon petit calepin..., ajouta-t-il en palpant les poches de sa blouse, qui pour l'heure, tenait plus d'une burka. Putain de moine!!! s'exclama-t-il finalement. Le voici enfin!!!

Et il leva le bras avec au bout un carnet, comme s'il se fût agi de la Thorah.

- Voulez-vous que je vous dise? dit la juge.

- Certes madame la présidente. A votre service.

- Vous êtes un pousse-mégots. Voilà bien ce que vous êtes.

- Oui madame la juge, dit Graoudjem, lèche-cul. Nous disions donc, dit-il comme s'il prenait la commande de quelque client. Ah oui. Il me souvient: ça pue le formol...

A ce moment-là, le commissaire fit irruption dans la salle d'autopsie.

- Bonjour madame la juge, dit-il d'un ton obséquieux. J'ai consulté les casiers judiciaires de vos deux loustiques. Je n'ai pu le faire évidemment avec leurs blases, puisqu'on ne connaît pas leur identité. Avec leur ressemblance et leur âge probable, cela fut facile. Il s'agit des frères Kermitte, bien connus de nos services pour des activités de proxénétisme et de commerce illicite de..., euh..., comment dirai-je..., de...,

- Bon…, dit la magistrate qui commençait à trépigner de colère. Accouchez.

- Vous voyez… Des livres… comme quartier Trombine-Croupante…

- Des livres de cul? dit Graoudjem.

La juge leva les yeux au ciel mais ne releva pas.

- Poursuivez, dit-elle.

- Également très proche des établissements Bour&Loeil…

–Précisez.

- En fait, ces frangins étaient filochés par mes hommes depuis quelques semaines, car on les soupçonnait de magouiller avec Bour&Loeil.

- Quelles sortes de magouille je vous prie? demanda la juge sur un ton manifestement soupçonneux, d'où il émanait une gêne évidente.

- Ça grenouille avec Bour&Loeil…

- Mais encore? Précisez, dit la juge, encore plus gênée.

- M'est avis que vous devriez examiner la glotte de ces deux loustics, dit le commissaire à l'adresse de Graoudjem.

CHAPITRE

Quand Emile Troonh se réveilla, c'était le lendemain, il se trouvait à moitié groggy dans le bureau du commissaire de la glotte, flanqué de deux hommes en blanc, qu'il crut tout d'abord être des médecins du laboratoire judiciaire, ou peut être les charcutiers de tantôt, ou bien, rêvant, était-il en présence de deux fantômes. Ce crétin de Graoudjem avait dû se faire biquer à la lourde, pensa t-il. L'imbécile. Le commissaire faisait claquer ses doigts devant le visage de Troonh ce qui causa son agacement. Finalement Troonh dit:

- Pourriez-vous à la fin cesser de claquer vos doigts près de mes yeux? Vous allez me crever un œil sacristi! Je ne suis point votre petit chienchien! Et puis d'abord saperlipopette, comment est-ce possible qu'ait surgi de nulle part une charcuterie? C'est tout à fait incroyable ce qui se passe dans cette satanée ville! Une charcuterie en place d'un sex-shop...! C'est à dire..., euh je veux dire...

- Je cherchais seulement à vérifier vos réflexes oculaires. Charcuterie? Ajouta le commissaire avec un air surpris que Troonh crut feint. Que me dites vous la mon très cher Émile?

Il regarda les deux hommes en blanc qui se mirent à glousser.

- Mais je parle évidemment de la charcuterie où vous avez dû me ramasser à demi mort!

Les trois hommes rirent franchement de conserve.

- Mais mon cher Émile ces deux hommes sont des ambulanciers qui tantôt vous ont trouvé chez-vous inconscient, sur l'appel téléphonique de votre concierge qui vous entendait gémir du sixième étage au rez-de-chaussée!...

- Kouuaaa!!!

- Précisément mon cher Émile, dit le commissaire en regardant la glotte de Troonh.

Troonh devina ses manigances. Glurp...

- Si j'osais..., murmura le commissaire en fixant la tête de Troonh fixement, et plus particulièrement sa grosse glotte.

- Ah par exemple je vous interdis bien!

- Mon cher Émile... Si je pouvais me permettre...

- Quoi par exemple? Pourquoi me dévisager ainsi? Troonh était visiblement inquiet.

- Si j'osais... Me permettrez-vous?

- Mais que me veut-on à la fin? Vous êtes tous fous. Voilà bien.

- Je me demandais si vous... consentiriez à me faire plaisir?

- Mais... Ça par exemple! Et en quoi aurais-je vocation à vous faire plaisir?

- Je... Voilà. Vous avez une glotte des plus belles et...

- Kouaaa!!!

- Puis-je la palper?

- Mais... Vous êtes un malade... C'est bien ça. Vous êtes fou...

- Mais point du tout cher Émile. Je suis à la recherche de spécimens dans votre genre comme modèle pour mes cours de psycho morphologie à l'école de police judiciaire. Ce que vous avez en vérité... C'est un vrai trésor.... Je dirais même plus.

Et il hasarda le bout de son doigt à un centimètre de la glotte de Troonh.

- Voulez-vous bien cesser!

Les deux ambulanciers opinèrent du bonnet et Troonh remarqua à cette occasion leurs glottes protubérantes.

- Ces ambulanciers ont été sélectionnés par notre respectable école de police pour servir de modèles de glotte. Ils l'ont tous deux bizarrement constituées. C'est intéressant pour nos recrues. Mais la vôtre!!! En vérité!...

Troonh regarda les ambulanciers et sursauta. C'était vrai qu'ils avaient une glotte des plus saillantes.

- Mais... Je vous connais vous par exemple!!!

- Ha!!! S'exclamèrent les deux hommes tout de go. Chapi-chapo!!! Lancèrent-ils en se frappant réciproquement les paumes de mains.

Ils avaient l'air satisfaits d'être reconnus. Mais d'où diantre les connaissait Troonh?

Il tenta une diversion car cette appétence pour sa glotte lui devenait pénible. Il se sentait au bord de finir en méchoui.

- N'est-ce point vous que j'ai entraperçu depuis la passerelle du chemin de fer? demanda-t-il à l'adresse du commissaire. Vous y sembliez bien affairés.

- Pour ne rien vous cacher mon cher Émile. C'était nous. C'est incroyable que vous soyez toujours là au mauvais moment et au mauvais endroit.

- Garps!!!! Onomatopèrent les brancardiers.

- Sacristi. Tout le monde meurt dans ce mauvais polar..., gémit Troonh. Serait-ce un effet de votre bonté de me dire ce qui est arrivé sur la voie ferrée où je vous vis tantôt affairés autour d'un corps m'a-t-il semblé?

- Il vous a bien semblé Émile, dit le commissaire de la glotte, toujours reluquant celle de Troonh. Et bien voyez-vous... Comment dire...?

Troonh décidément s'attendait à tout; et pour tout dire commençait à en avoir raz la casquette.

www.ingramcontent.com/pod-product-compliance
Lightning Source LLC
Chambersburg PA
CBHW061246120726